とつぜんわかりかけた
血とはなんと　あついものか
父の血
兄の血
たしかにぼくは
継いでいる
猟はからっきしだめだったが
いつしか探すめつきになっていた
狙う姿勢をとっていた

父のはたさなかったものと
兄の魂が　ほそく消えたあたり

現代詩文庫　233

思潮社

米屋猛詩集・目次

詩集〈家系〉から

家系 ・ 10
船越駅で ・ 13
サムカゼ山 ・ 14
夜の男鹿線 ・ 15
わが日常譚 ・ 15
愛されない小犬ゴンベを愛するうた ・ 17
秋田市広小路 ・ 18
ばら狂い ・ 19
金崎氏鎮魂 ・ 21
夢のなかの旅 ・ 22
春　楢山十軒町から新屋割山上空 ・ 27
夏　闇くる千秋トンネル ・ 29
秋揚羽 ・ 29
冬の雨 ・ 31

詩集〈壊れた夢〉から

きみは見たか ・ 33
棗 ・ 33
秋田市有楽町 好き ・ 34
加藤タノさんの瞳 ・ 36
冬日 ・ 37
海は遠い日の色でなく ・ 38
別れ蚊 ・ 40
冬の蟹 ・ 41
キヌブルイの里を憶う ・ 42
水仙 ・ 43
壊れた夢 ・ 44

冬鏡 ・ 45
骨 ・ 47
能代を歩く ・ 47

詩集〈男、おんな〉から
多摩墓地を歩く ・ 49
原宿の蟹 ・ 50
空翔ぶ品川さん ・ 50
麦の秋　ふたたび ・ 53
八月十三日の墓 ・ 55
しまひ花火 ・ 56
ラッキーストライク ・ 57
雨 ・ 58
blue ・ 59

逢うは別れ ・ 60
鴉への手紙 ・ 60
萩の山へ ・ 61
ひとりの女　愛せずに ・ 62
生きる ・ 63

詩集〈祈りのレッスン〉から
最後の戀 ・ 64
狐顔の夏 ・ 64
些細なことに憤り ・ 65
夢 ・ 66
あきた　いのがしら ・ 67
一九八五年・会田さんの夏 ・ 68
何にもない日の夕方 ・ 70

テレフォンカード一〇五度数を・71
ことしの夏は梅雨が・72
ジーンズの線がいいから屈むと・74
花見がえりの浅草フランス座・74
祈りのレッスン・75

詩集〈暁闇 自転車に乗って〉全篇

暁闇 自転車に乗って・77
夕映えの丘・85
月みれば・86
マイ・ガーデニング・87
涙目のX・87
眠ろうよ・88
逢ひたくて・89

詩集〈人に生まれて〉から

人に生まれて・102
芽・103
祝福・104
帰郷・104
天使・106
オダマキ・106
高鳥の岬・108
芥子種ノ祈リ・109
萌黄色の芽が・110
聖霊　きてください・111
順三さんのドロップ・113
小春の庭・115
トキコさんの涙・116

涙のマリー　・　117
乳頭　・　118
グンジ踏み挽歌　・　119

散文

父のことなど　・　124
秋田の詩人　・　126

作品論・詩人論

聖地巡礼としての、秋田＝吉田文憲　・　138
『暁闇 自転車に乗って』への献辞＝宗左近　・　144
家系――米屋猛＝斎藤勇一　・　146

装幀・菊地信義

詩篇

詩集〈家系〉から

家系

I

ぼくたち
ぼくの父は陽気な男で　猟の名人だった
誰もいないのに　ぶつぶつしゃべり狙ってばかりいた
雀
雉

雉から　禿たか
禿たかもいなくなると　駆けるものを
追いまわした
鼬
兎
狐

――それもいなくなる　と
青じし

「かずすくなし」　と伝う奥山から　えものは
父の猟地にいなくなった
終に
いちわもいっぴきも

かつては
ひかっていたかんさつ　銹
もう
「あってもなくてもいい」　と言い　胸のなかみるみる
とける
〈家禽はどこにいるか〉
その頃から父は　わが小屋を
ひそかに　他家の鶏舎もうかがったが
やがて
気がちがって母をうち殺し
それから

ひいた
筒先をおのれの　魂にあて

2

ぼくたち
ぼくの兄は陰気な男だったが　猟の名手だった
父に似て
はたち
どこの猟地でも　自由に
ではいりした
青じしさえ狙いはずしたことはなかったが
不思議におもうことが
ひとつ　あった
えもののおおい日に唖になったことだ
ぼくはみたことがある　いちどだけだが
その唖が
くるったようにわめいたのを
〈イヤダ　イヤダ〉と
それは
ことにえもののおおかった
夕暮だ
ふるえるこぶしにあかいふだを　にぎっていた
それからそこは
小さい田舎の駅
猟銃のかわり　てっぽう　もち
はなやかな見送りのなか
幼いぼくにふたこと言った
〈父ニ似ルナ
ソレカラ　オレニ〉

すごかったそうだ
砲手はなんでも百中　無言で
狙わねばならぬものを鳥のごと　おとしたが
かなしかったそうだ
空からのいっぱつで千人のなかのひとりとして……
いま
変色した写真いちまいになって
仏壇のうえにたっている

3

ぼく
ぼくは　しゃべったり　もくしたり
父にも兄にも似ていなかった
野
山
森こえ　茨わけ
竹やぶを　世界じゅうわけたが
雀
兎
いつもうちっぱずし　くいっぱずし
だけなかった
恋人の　なでかた
かげなかった
あんずの匂う　胸
かつてえがいた食卓の　ちいさい夢は
なんと　もろい
野犬を狙うと　きまって空をうち

ぼくさえうてず
きづいたとき　三十歳
ぼくは　ひとりぼっち
ガラリ
猟銃をすてていた　猟服も
ぼくを　ぬぐ　ぼく自身
よくわからなかったが
鳥はだをみた

〈ああ　鳥はだたつ〉
とつぜんわかりかけた
血とはなんと　あついものか
父の血
兄の血
たしかにぼくは
継いでいる
猟はからっきしだめだったが
いつしか探すめつきになっていた
狙う姿勢をとっていた

父のはたさなかったものと
兄の魂が　ほそく消えたあたり

船越駅で——一九四五年八月

小さな田舎の駅で
爆弾を初めて見た少年
こきざみに震えながら
撫でる
触る
子山羊の肩で　水平に担ぐ
号令一発
「音をだしてはだめだ」
鼻髭の怖い監督

日照る八月の
汗ばむ有蓋貨車のドア
つるりつるり　滑りおちそうな爆弾
長さ　四キロメートル
幅　一キロメートル
日本海の防風林　松の林のなかに
ひそかに　はこぶ

「ホンドボウエイ
タケヤリヲモテ　コクミン」
そのかけ声で
竹きりにゆく　日の暮れ
夢の中にまで怯えがきて　睡れない
少年の朝
原爆を《新型爆弾》とかいた新聞が
いきおいよく
とびこんでくる

サムカゼ山

（木のない山だな）
そう　出っ張ってきたお腹のような　裸山
すっ裸だけどな
青空といちめんの絨毯だ
雲雀　懸命に羽ばたき

（山登りなどというものではないな）
丘
丘登りだ
むかし　でこぼこだったタンポポ道
いまは有料道路
どこまでも　蛇のように曲りくねっている
すういすうい《パノラマライン》
滑るバス
バスの登山だ　バスは
登山家だ
（頂はよその国の絵葉書みたいだな）

ほんとだ　ほんとうの
頂のうえ
威張って聳えたつ展望台
のぞき眼鏡があって　ざっくざっく銅貨がつまっている
まわれぐるぐるまわれ
めりいごうらんど
展望台の「オサム」くん
コーラは微風より爽やかか？
お子様ランチ　ママよりおいしい？
漂うラーメン　のびるわのびるわ麓まで
麓は鹿の庭だ
嬉嬉としてたわむれる「オサム」くん
「オサム」くんたち

むかしな
鹿の麓は竹やぶ
長い長い戦争があって負けた
日照りの夏
憎しみだけで切った竹

竹切り童子　人ごろし竹
竹切ってからな
げたばきの山登り　つるり
つるり滑る　でこぼこのタンポポ道
滑りあいざれあった　犬っこ
おんなじだ　そのときの
犬っこの瞳
「オサム」くんの瞳
果てしない青空うつし絨毯うつし

頂　ぴゅうと
風吹き
風寒く

夜の男鹿線

日日は
「しょうゆ」の澱のように沈み

夜の男鹿線
つきあい酒の　苦い重さ
にぶい瞼　ジーゼルの黄光は
眩しい
ガムを噛む　その速さで囀る
小鳥たちの原色は
剝げかかり

日日　日常
ぼくの《天使》は彼方　遠く
消え瞬く
まち
むらの明り

わが日常譚

朝　一番列車に乗り　おれは

ちいさな事務所に出勤する

時間前に鳴る電話
《同僚殺》とかいて　消しゴムで消す
おう！　それが日課だ
他人には雑務　しかし
おれには世界
宇宙だ
一九七〇年代
太陽黒点　小氷期　飢饉　人類流亡説　エトセトラ……
おれの電話
おれの一日十人にかける長電話
通じたか　どうか
おれの恐怖
おれの恐怖は十人に一人
伝染はしないのだ　わが
ファミリーにも
わがファミリー
元校長は独裁する　ゴッドファーザーと最愛の情人

高血圧症の母の髪は常に純白である
肥やしの匂いのする淋しい家
居間　広い仏壇の間
〈誠実〉の掛軸のある座敷
家系に
おれの座はないのだ

求愛一度め　否
二度め　否
三度め　否
四度め

諾
歳月は妻を木像にする
わが性とは隠微　ただ息を殺すだけの営み
褌ごし
ゴッドファーザーの瞳　黒光り
いまや木像にすぎない
煮烏賊のような
次男の腹の蚕潰し

夜ごと腹部を弄んでいる
小氷期　ミクロの一日
始まりと終り
おれは緩慢に萎える

おれの恐怖！

愛されない小犬ゴンベを愛するうた

ゴンベ
ことばでなでられ　こころで
なでられない　小犬よ

なでるかわり
おれは舐めようとした
いく度も　いく度も
悪い毛なみ　その
傷
何にも言わないで　おれを投げたんだ
「これだけだ」
「これだけだ」

そのとき
ゴンベ
おまえは何か
取り憑かれた眼をしていたな
傾く夕陽　そのしたの
ちいさな　おれ
おれの影も　映っていなかったよ

ゴンベ
いつまでも　そんなに
いつまでも
灰色の眼をして
取り憑かれた眼をしているから
今日は
溝板を踏み　こそこそ

夕暮の路地うら
消えてゆくけど　おれは
おれは泣かない　泣かない
こんやは眼をつむり　耐えるんだ

しかしな
ゴンベ　明日また会おう
太陽と共におれたちは
毎日会おう
太陽だ
路地うらから路地うら　さあっと太陽

「これだけだ」
「これだけだ」
それっきり
何にもできっこないけれど
それっきり

秋田市広小路

秋田市広小路
バス通り裏の新刊本屋
しとしと雨
雨は特価の一帳羅
衿をつたい皮膚を濡らし　胸から矜持に沁み

結婚　五年目
できた赤ん坊
じじい　ばばあ
《じじばば》の家系
祝福のことばすらなく
エゴは　何度殺した？　殺した？
新刊本屋の書架　並んでいる
推理小説
並んでいる殺人より多くか
五百の夜か　千の日か
児殺し

妻殺し
眼を閉じれば鶴だ　みんな
鶴だ
羽搏くとき　杉の柾目のようだったが……
いまは　羽搏かない
羽搏かなくなったから
ざらざら　ざらざらしている
汚くなっている
飛べない鶴
痩せっぽの鶴　痩せっぽの鶴と
大きい赤ん坊

しとしと雨
雨は特価の一帳羅
衿をつたい皮膚を濡らし　胸から矜持に沁み
瞼は煙る
バス通り裏の新刊本屋
秋田市広小路

ばら狂い

あさのこと

風一陣　五月は
ばら
ばらは四季を抹殺する
昨日　ばら
今日　ばら
ばら色少女　色白少女
出あいにだ
男鹿線前進！前進！
疾走　全力
疾走　男鹿線

恋は眼で告げよ
きみ　スタンダールの裔
結晶作用　第二第三なんてない
すべて第一結晶

おお　恋が木霊のように還ってくるなんて
朝空に　電話線がかかるなんて
夢みるだけで　強かショック
ショックだ
秋田銀行本店ビル十一階屋上転落
転落
墜死
ついに
死んでもいいいな

囁き　陳腐
抱擁　同じく
性　あまりにも常識
結婚　壮烈マンネリへの船出だ
おお　ばら色少女　色白少女から
ばら薫るなんて……
空想する！
空想する！
猛烈幻想だ

ただ一度のデート
秋田市広小路カトリック教会　横丁から
千秋公園
めくるめく真昼
見つめあう
ただ　見つめあう
太陽　太陽
燃える
きらめく黄色閃光
頭脳溢血
頭脳燃え

ゆうがたからよるのこと

夕陽沈む
寒風山の稜線
男鹿線　はしる
落日に疾走
落日に後退
うしろがみひかれ

男鹿線　はしる
後退
後退疾走
暮れかかる風景はしる
ルックス闇　闇列車だ
目薬さすか眼を閉じるか　いつも
いつでもそうなんだ　暮れる
風景だ
遠ざかる街
瞼　焦がし
頭脳爆発
脳髄飛翔
転落墜死なかった　秋田銀行本店ビル
十一階屋上は　夕霧
燃える太陽なかった千秋公園から　闇

震える！
おお五月の夜に　震える
ばら色少女　色白少女

今日のばら
さようなら
秋田市
秋田市　夜空
夜空は燃えよ
お七燃え
燃え死ね！死ね
秋田市心中
男お七燃え

金崎氏鎮魂——二篇

海辺の墓

帰ってきたよ
ようやく　七十年を
終えて
な

青森駅鯵が沢　土は
あったかい
な
樹木に遮られた　方一尺の空
岩木山見えず
小泊の岬見えないけれど
帰ってきたよ　あったかい土に
帰ってきたよ

金崎夫人

金崎氏の三回忌　あれから
三年
鯵が沢　海辺の旅館

五所川原出の金崎夫人
ひとまわり　ちいさくなった
老夫人の瞳は
優しい
春の光

「倅オガッタカ」
ひとつ覚えの　ぼくの津軽言葉は
「アッパ」
「アッパ」

夢のなかの旅

いつの間にか
ちいさな村落の　はずれにきた

＊

ふいに風景が拡がり
見える
馬屋だ
いっきに駆け抜けようとするが　そのとき
視線を遮ぎるものがある
整列する女たち

兵の整列

キョウコがいる
藁まみれの
五尺たらず　白粉買えぬ女郎花
十八歳終りの夏
ほほえみ寂しい
小輪の向日葵咲き
夜にも太陽抱擁
いつも　いつでも
肩おとし　俯いてたな
キョウコ
ちいさいキョウコ　ちいさい

風の便り　いまは
幸せな結婚
小麦の肌　三人の児の母　馬三頭の主婦
さようなら
キョウコ　さようなら

十八歳を
キョウコをいっきに駆け抜ける

*

絵葉書的
泰西名画のなかに入ってゆく
田舎町だ
田舎町の田舎みち
あか屋根
あお屋根　遠く

緑

いちめんの緑
緑を包むように蹲る　女ひとり
近づく掌のなかにも緑
緑の灰だ
〈摘めよ骨
　摘めよ　胚
見知らぬ死者の緑の灰

見知らぬ死者　祭れ〉
女囁き唱う
死者は見えぬ　いや見える
見える！
死者のような生者以外には　見える
死者は真昼の恋びとたち
死者は触れあう手に
睦みあう唇の端
肉
肋に

いつまでも　そのままが
永遠に蹲るか
見知らぬ女
あああ姉さん姉さん
淡い肉欲　今日も視姦
鶴
羽ばたかず
番うことなく

性の死
死者のなかまに加わったのだな
摘むのだな　緑
緑色の灰　骨
生者のため
あとに来る生者のために　見知らぬ死者たち

さようなら
姉さん
おわかれ
はたちよ　さようなら
振りかえりは　しないよしないよ

＊

背たけほどの疎な林を抜ける
カエデ
モミジ
色あせた雑木林を抜ける
沼

金色の沼
金の沼に金色の細い川ながれ
終りの夏　男鹿の海に沈む陽　その
閃光より美しい
金色
金色世界

春
川はせきとめられる
千万の手　億万の手で
泥沼泥川
〈風景は死ぬ運命よ
　金色は死ぬ運命よ〉
Kはいないのに　Kの
咳がきこえる
金色の死
金色の死だ
死はある
稲穂のため　ひと粒の

小麦　天の鳥　地の
獣のために
魚のために　蜜すう
虫のため……
ソクラテスのように毒死するのだ
生者のために死ぬ
死ぬ
生者
死者
死者生者
永遠にリフレーンするのだ
個は転生する
無限のなかの個　個のなかの無限

おお！火のジャンヌダルク
火焔
沼につづく細い川
金色に燃え
金色反映する

聖ジャンヌ　暗黒世界の
火のジャンヌ
美だ
絶対美

*

樹の海
迷い道
マツ
スギ
ケヤキ
陽　木の間隠れ
少女熱愛
子山羊のなで肩　雪のなかの果実
果実狂い
少女狂い
ユキコ！ユキコ！
ついに　言葉は
瘧

恋の旅びとよ
美しく　ああ愛しければ
愛しければ　女たち
さようなら　訣別は
日日日常の　さようなら　一直線に
疾走
疾走せよ
恋の旅びと
樹の海　深きさまよい　もっと
闇を！
闇を！

*

同行なし
ひとり旅の果てしなき

春　椹山十軒町から新屋割山上空

椹山十軒町

そのかみ　家十軒
いま住宅地　ここに
移り
十軒の面影はある
木蔭多く
地　肥沃
子犬ほどの猫の五六匹
猫の棲息する町だ

「死なないように
帰ってね」
昼猫の眼をした女に送られて　地に足つかず
新屋割山
斜面割りならした地
新開地

国定教科書にあった
栗田定之丞の松林
地方出版社主・吉田朗の地だ
鼻ひげと眼に特徴がある
毛の濃い男たちだ
毛の照射をおもっていると
地　離れ
空に
大阪行東亜国内航空便

空から割山
男鹿は
霞
蝦夷
蝦夷のはてと伝う赤い崖
赤岩は
血の岩
毛の濃い蝦夷たち　瞼うら
岩なきが聞こえ

高所恐怖症の涙腺かすむ

柴田正夫は
男鹿半島独立を論じ
「あなた
毛の濃いのは蝦夷の
裔なのよ」
沢木隆子は
言った
赤石のそば
しぶき浴び
おお！われら蝦夷の裔
血のまじり
高所恐怖症者である
日日怠惰男
精神の性不能者　眼に
鱗をはめた男
昼猫
覚めよ

《恋猫の
総毛たちたる
夜明けかな》

楢山十軒町
猫の町
きみには恋猫のパッションはまだ
ある
夜光る眼もある
震えて
飛べ
蝦夷から大阪　まほろば倭
血しぶき飛べよ

新屋割山上空

夏　闇くる千秋トンネル

夏　闇くる千秋トンネル
殺げほほに　涼風

そうだ　あのときの
殺げほほにも渡った風があって
クロマツの梢　そら低く

グラマン機の威嚇降下　転げて
にげまわった　刻
配給の昼食　しょうゆかす麵麭の
にがさ懶さよ

「あい・らぶ・ゆう」
オールバックの美男　麦いろ班長どの
振りあげる鶴嘴に力はなく
金さんだったか　李さんだったか

初めての英語は　生みたて卵のように
ほほ染め　トロッコ押した

トンネル長一八九メートル幅一八メートル
市民待避壕
われらの壕は　火車の連なり
公園の東西　つらぬき

夏草の呼吸　かすかにただよひ

秋揚羽

「秋の太陽しづかなり吾子が受洗の日」
午前六時
きみは竈に火を焚き
午前八時
寸秒の狂いなく出勤する
街はずれの製材工場

工場長だったきみは　いま
古希の齢
肉親を愛するように労働者を愛し
職場を愛したきみ
背にかかる秋の太陽

秋たつ函館山
慰安旅行の日日上映
古家の二階には　時代ものの映寫機があって
海水浴寫真がある
水着のスタアたちだ
いつも伯母たちで
酒店の内儀
下駄店の女主人
隣家の婆だったり
きみは　町いちばんのモダン
肉親を愛するように
丹下左膳　大河内伝次郎
大佛次郎　赤穂浪士愛し
新納鶴千代愛し　いまは
一盃で酔い
侍ニッポン唱うきみ
「夏は来し妻につばさの洋衣あり」
おう青春！
きみの大正
きみの昭和
會津八一を学ぶとき
《可愛いい女》《長いお別れ》ハードボイルド読むときも
食するときのように正座する

午前八時
背にかかる太陽　眩しく
朝の挨拶なしに通り過ぎることがある
通り過ぎながら
秋の太陽の句を考える　ふいに
昨日　辞職のことを考えていたことを思いだし
頭脳

黄色の明滅
赤信号無視

不況で工場閉鎖の噂がある
肉親を愛するように労働者を愛し
職場を愛したきみ
《川反》大酒
《旭川》ぬれ
腰痛と猫背
ちいさくなるきみ
ちいさくちいさくなってゆき
辞職
きみの
《時》に辞職を考える日日が多かったのか？
喜びと悲しみ
おう！　きみは悲しみを生きる
きみの喜び　滴りの
濃密

「頭燃より抜けゆきしもの秋揚羽」
頭脳のなか
枯れ草原　モノクロの空に
秋揚羽がいる
ひら
ひら

＊「　」引用は磯崎夏樹氏の句による

冬の雨

十二月は雨ばかりだ
雪は
いちどだけ積もり消えた
その晴れ間
昼下がり
父は死んだ
〈死〉へ

ひどく急いで
三年半ぶりの
子と父の対面だった

父から
土の匂いがした
好きな蔬菜畠と
〈死〉の臭いが少し

〈死〉は連れていった
土に
子にもっとも近く
おそろしく遠い所

夜半から
暁方

十二月の雨は
急いで
何か意地になって降り
朝
ひっそりと止んでいた

*父、昭和五十三年十二月二十三日午後秋田市小泉病院で死去七十二歳

（『家系』一九七九年思潮社刊）

詩集〈壊れた夢〉から

きみは見たか

きみは　見たか

チビのきみ
ノッポのきみ
太っちょのきみ
痩っぽちのきみ　その
何れでもないきみ
ある日　きみは
違うきみと　ひょっこり
出会うときがある
ラジカセから
いつもと異なるきみの声がし
できたての面皰　鏡にひとつ
ガールフレンドの頬の色が見え
髪や胸もとから
杏の匂いがたちのぼり

それが　きみの
朝の始まりだ　春の
朝焼けの色
きみが継ぎ　やがて
きみから継がれる色
きみだけに見え　きみだけの
火色

きみは　見たか

棗

朝
棗の実　色づき
青に映えたが　夕方から

雨にかわった

ブラームス
クラリネット五重奏曲
出だしで　針をはずしてしまう
淋しすぎ悲しすぎて

夏から秋へ
冷たく

稲　実らず
直立したまま

新聞は出稼ぎ者合同選考会の
盛況を報じている　農民の
苦難が　また始まりそうで

「寒冷地に適合した米づくりを！」

満蒙開拓青年団出身・中年の開拓農はかつて力説した

「休耕は堕胎と同罪だ」
農協系病院電話交換手時代・某婦人は詩をかいた

どちらも
正しい

十月
五十歳になる　ねむられず
妻の寝顔の弛緩をみている

夜半
雨はひとしきり強く
棗の枝は
冬の底の方へ　撓って

秋田市有楽町　好き

秋田市有楽町

ただしくは　秋田市南通亀の町一から四の地番
「秋田市有楽町で
郵便物　荷物がとどく」

秋田市有楽町は
正午の町
東宝映画劇場ずり落ちそうに
旭川の端
便所臭もたちこめ
アンモニアが川をながれる
〈望郷〉のラストシーン　ギャバンの眼線の
パセティック
一カ月ほど悲愴な顔をつくって
会社で叱られ

日活映画劇場　一昨年焼けたが
ただちに筋向かいで復活
ロマンポルノとハードコア交互に上映
(外国ものはあわない)

こそこそ　夕暮時
通った
通った
〈四畳半襖の裏張り〉を三度続け……
東北出身・二等兵役粟津號の素朴
宮下順子　艶
素朴よりは艶がよく
艶から凄に変わり　ナオミだ
だが谷ナオミ終に引退
〈花のいのちはみじかくて　ひたぶるにうら悲し〉
か

秋田市有楽町
映画館十館　いまは
深夜の町
巨大ビルの直立　四館
プレイタウンビルのなかご清潔にまとまって
カラオケバー・スナック
飲食店も確実に

ふえつづけ

午前零時の酔漢
有楽町ビル〈田鶴〉
うたうは空の神兵
カラオケにもなくて
白髪のピアニストがあわせてくれた　四度五度
おお！　汗と涙の三十分
乾杯！
朦朧と　早川眼科医院小路へ左折
三十年前のつもり
秋田市亀の町西土手町十七番地
垣根に笹竹
笹の戸の家
皐月
薔薇の庭かきわけ
詩誌ハンイ編集所の表札
夫人のすすめる苺　美味しく

「秋田市有楽町で
郵便物　荷物がとどく」
詩人は　いった
秋田市南通亀の町四番地の二十八
垣根は広場の一部
庭は〈コーポ・しばた〉
新築の家から白木かすか薫る
早川眼科医院で洗眼　小路を右折
急いで　詩人を
訪ねるところだ
もしかしたら　若いぼくにも
逢える？

加藤タノさんの瞳

「タノさんの左の瞳が見えるようになったわ」
レイコさんから電話があった
（ボクはレイコさんが好きだった）

タノさんが宿痾の眼病のため
独身のままで停年退職して何年になったかしら
二十年は　つい一昨日のようにおもえる
小腰を屈め
モップを人形遣いのように操って掃除するタノさん
昼休み　眼鏡の下に
大きな虫眼鏡あて　岩波文庫読むタノさん
豊竹山城少掾狂いのタノさん
義太夫節をかたる少女時代の写真を　襟元に秘めて……
現実には　そこで
タノさんとの時間は止っている
瞳に光を失ってしまったという噂を
聞いた程度だ
「右の瞳も手術するそうよ
まあ　皺くちゃになってしまって……といわれたわ」
美しいレイコさんの電話は続く
（ボクもレイコさんに十年余り逢っていない）
「うふふ」
笑うレイコさんの声は
ピンポンパーンと弾んでいる
右の瞳も見えるようになる！
近くタノさんを見舞おうとおもう
そのとき
タノさんは何というだろう？
「まあまあ　白髪になって
赤ら顔がまた赤くなって　白髪の鬼のよう」

冬日

十二月　雨
断続して降り

昨年
同じ雨の晴れ間
昼さがりの刻
胃に鳩の卵ほどの癌
手術できず　痩せに痩せて

父は死んだが
一回り下　六十一歳
午年生まれの叔父
糖尿で死
の
訃報があった

その一回り下
五十歳に手がとどく
眼　かすみ
歯　ぬけ
いち早く躰の方に初冬
冬帝の襲来が間近い

＊

十という数が眼にちらつく
十の数を中心に
前後に　二か三の数
歳月の川が流れ

境目があって
生と死をつなぐ橋のようなもの
橋が隠されているか

十二月は嫌い
羽後のくに　仙北郡と河辺郡の境界
羽後境付近
　わたれ　はやく　はやく
ライトバンは全速で境橋を
越えた

山中　冬日沈み

海は遠い日の色でなく

海は遠い日の色でなく

大竜寺坂

赤　白まだら　火力発電所煙突
はるか
（かつては砂丘の連なりだった）
突堤の海に突き出し
（かつては潟の水口だった）
埋められ
埋めたてられて船川湾汚れ
大竜寺坂
それでも
一度　二度ふりかえる

＊

海蔵山大竜寺
澤木家菩提寺　別荘跡地
（いにしえびとのこころを　おもう
ひろくゆたかな　みほとけの
さわきでらと　ひそかよび）
山門駐車禁止を横眼
小径

杉の林に囲繞されて
〈ユウイツ〉[1]法衣ひらひら
〈マサオ〉[2]眼鏡の奥きらめき
いくたびか喘ぎ　喘ぎ
（放尿もしたな　勢いよく
羊歯や蔦蔓に向け　あるいは
雪を金色に掘りおこし）

木立から風鳴り
羊歯の震えて
〈ユウイツ〉
〈マサオ〉
まったく違う次元の小径の方へ　急いで
いってしまった
男らしい
もっとも男らしい男だけが
急ぎ
早く逝くか

＊

大竜寺坂上
〈タカコ〉[*3]を訪れる
詩人は
「急がないのよ」と
五月の光に包まれ　微笑

羊歯をもらった
羊歯は　庭
根づき　繁っているが
海は遠い日の色でなく

＊1　粟津祐逸・昭和四十八年没
＊2　柴田正夫・昭和五十五年没
＊3　澤木隆子

別れ蚊

夢をみた
東京湾で水死した弟の夢
寝棺の顔
酒焼の高い鼻梁
直情径行で温かかった額に
掌をあてる
冷たくて
ただ冷たくて……
雨降る夜の湾口　海黒く
得意の横泳ぎ　駄目だったな
船乗りは海で死ぬが定めか
しかし……
深夜目覚める
ちくしょう！
別れ蚊に
腕
首

刺され

冬の蟹

出る泡がなくなって
石鹼液で泡を出し

佇む
南秋田郡天王町出戸浜海岸
白波立ち
遠い沖
稀な冬の星
光り
男鹿街道
煮売り蟹店ならび
防雪の松林に Love hotel ふえて
煮売りの蟹は

海から渡らない
陸から陸
冷凍庫に乗って渡る
札幌から　仙台から　東京から
夥しい量の都市資本
味覚と Love の代償に
泥と汗の札束吸いとられ

出戸浜海岸の蟹
身うすく
葉に刺され　松毬に躓き
這い
渡る
冬の密室
ただ番うことのみ

キヌブルイの里を憶う

キヌブルイ
船越村
家　二四一軒
すべて石塊路と　砂の上

船越村から船越町へ
市制がしかれた翌年　男鹿市船越に変わり
西村家・太田家
侍の裔たちの住家
〈侍屋敷〉を船川に抜けるバイパスが
ざっくり　切り裂く
あとに車の洪水が来た
嘉永五年
鈴木重孝は男鹿一円を尋ね
石塊路を歩いて
キヌブルイを遺したが
子孫鈴木誠一氏の
男鹿ハウス電化堂から
車だ
堯林院の墓場に続く小路にも　車
車だ
ピーポ　ピーポ　ピーポ
まちはピーポの救急車と
大手術が必要だ
樹齢百年の松並木を電動鋸で引き倒し
土を
虚偽のコンクリートで塗り潰して
いま　故郷は何を伝承するか
キヌブルイ
キヌブルイ

〈御役屋〉の老松の辺り
遥か土埃の
彼方
鈴木重孝を憶い
キヌブルイの里を憶って止まず

＊キヌブルイ＝鈴木重孝著『絹篩』

水仙――谷口広志氏に

さくら遅く
常盤公園は　水仙

旭川市四条十一丁目左六号
谷口家
「美男で好漢……」
詩人・小熊秀雄を語る
先刻　別れたばかりの同級生だった老画家
眼鏡の輝きを考えている
と
タロウ
貌の際だって美しいヨークシァテリア
タロウがすり寄ってくる
当年　十歳

「孫よりも可愛くてね」
と
谷口氏

お孫さんは
男の子だ
よちよち歩行
「おやすみ」
声かける夫人
唸るタロウ
嫉妬だ
一瞬　形相変わり

タロウは
小さくて柔らかくて温かくて

蹲るタロウ
谷口家の夜　薫る
水仙

壊れた夢

飛ぶ白鳥の夢
啄む真鴨の夢は壊れた
八郎潟干拓地
ナンブ*　キタカミ*
稲作転換　減反田の小麦
穂先を垂らし
（アキタなんてありはしない）
三分の一ばかり残ったみずうみは
生殖の匂いがして
濁りや澱とともに
一日市の馬場目川
大久保の馬踏川
払戸の新川が流れる
しかし
水は海に入れない
防潮水門に遮ぎられ
巨大な溜め池と化した

水と魚から
ダイオキシンが過度に検出された
しょうゆの香りただよう佃煮の故郷では
悪意の水道水を飲んでいる
串に刺され焼け焦げても半身で生きる鯊の
強い夢は壊れた
しらうお　わかさぎ
初夏の恋人の夢も消えた
葦切の声をようやく聞く
　ぎよぎよし　ぎよぎよし
何もかも泥鰌のように泥の底へ底へと
沈みこみ
地霊を失って
やがては無機物に変わりゆくか
かすかに共鳴する
夢たちの幻

*小麦の品種

冬鏡——柴田正夫追悼

如月
雪が重く降り　夜明けまで
三度目覚め

斎藤勇一さんは
「詩人が死ぬ」
と
妄想を発し

暁闇の
その刻が臨終であったとは
雪は
朝になって　さらに濡れて
積もり

前日は　元気で
することがある　とも
しなければならぬことがある　とも
語ったという
すること
することとは何だった？
しなければならぬこと
しなければならぬこととは
強いて如月の己れに
枷たものは

死顔に
如月の威が残って
夫人は
「明日の葬儀は荒れるわ
あのひとは荒神さんみたいだったから」
と
いったが
哀しくなって
「暖かくて　きっと晴れ」
と

答えてしまった

葬儀は
雪も風もなく　薄日が射した
光の春の気配は遠くて
寒く
ただ震えるだけだった
吉田朗さん　声かすれ
畠山義郎さんは　絶句した

昭和五十三年一月
「叢園に」[*1]
〈ひとりの人間が死ぬと　たちまちその周辺に受話器の
反応のように　龍巻の戦慄が走り戦慄が戦慄を呼んで
つっ走る……〉
と
石原吉郎の死に触れてかいた
その龍巻の
戦慄がきた

戦慄が疾走する

龍巻の戦慄は
柴田家より発し
訪れる家に　主人は
いない
いないのに
あなたが現れそうな気がして
書斎の鏡に
ひときわ目だつ　喉仏うつり
《のどぼとけはのどぼとけらしく冬鏡[*2]》

＊1＝エッセー誌
＊2＝遺句

骨

のどぼとけ己れにふさわしく冬日のむ*

とても　いいかたち
左手の箸がつかんだ喉ぼとけ
ほとけさまのかたちしていた

合掌しつつ　祈り
押しこみ　棺にいれた

水を汲んで　鉦ならす
鉦ならして　水を汲む

大きく太い白骨
青と紅も斑につけ
死病に耐えに耐えた　きみが
壺から溢れてきた

*柴田正夫遺句

能代を歩く

能代を歩く
木材で栄えたまち
不況に大地震の追いうちがきた
ところどころ陥没したまちを歩く
心の底まで沈んでしまったのか
霜月の行人に表情なく
まちなみに色が見えない
墨絵にくすみ
冷たい雨が降っている

鶴田虚壺子のことを考える
考えながら歩く
柳町・映画劇場〈大正館〉の一画
菊地煙草店
昭和十八年　リアリズムを目指しただけの
〈さそり座〉俳句への特高弾圧
秋田署に連行された虚壺子釈放に

かけずりまわった義兄の
菊地豊陽子さん宅
警察官は嫌いだが
好きだったな
土佐犬の風貌もつ
心やさしい気骨のある警察官
いまは　この家の仏となって微笑むだけだが……
虚壺子
きみは〈さそり座〉のことも
俳句のことも語らなかったが
菊地さんのことは何度語ったろう

能代を歩く
七人縊死
一人喉切り
蒼ざめたまち
地裂けた横みちを選んで歩く
菊地さんと虚壺子を辿って歩く
菊地さんの死を告げに
秋田大学病院にかけつけたとき
会えなかったな
最初だったか
二度めの入院だったか
「内臓のレントゲン写真　よくとれなくって」
夫人の後ろ姿が
瞼にある

能代を歩く
冷雨止んだ松林の奥
この海の涙さ
鷗啼かず
波濤は見えない

（『壊れた夢』一九八五年思潮社刊）

詩集〈男、おんな〉から

多摩墓地を歩く

紅葉黄葉のなかを歩く
梢越しの空　ちいさく
憎らしくなるほどの　青

広場から各区に続く路
表通りは
御陵のような墓が庭木を連れて　大きさを競いあっている

あの世のためか
この世のためにか

急いで
結界をこえる

表通りから裏通り
路地の奥
多摩霊園二十四区一種六八側　小熊秀雄の墓
つね子を抱き　焔を懐に　凝視する
巨き眼の幻
此処では　十一月に生ぬるい風が吹く
恐ろしい遠さから
差しのべてくる掌をうけ
セイイチロウさんが呟く
「母の墓にもいかないで　今日ここにいます」
タケシくんはお盆に父の墓参をしなかったことを思い出した

ヒロシさんがハジメさんと並んでいる
エイコさんユウコさんサオリさん
みんなが　好き

多摩霊園を歩く

原宿の蟹

秋田・羽後町西馬音内では
いい女のことを〈泣ぎ面（づら）っこ〉というそうだ
泣ぎ面っこは　いつまでも泣ぎ面っこ
年齢とともに内側が光り　輝く
杉村春子から美空ひばり　桜田淳子に繋がる
眉下がりの系譜

一九八七年十一月二十一日〈長長忌（じゃんじゃんき）〉*
夜の千駄ケ谷区民会館大広間
　トクタラトクタラトクタラ
洗濯台うち
絶叫する老婆
長詩〈長長秋夜〉を語る女優さんの眉形
みごとな泣ぎ面っこ
（老婆にも泣ぎ面っこの母さんがいた）
ボクの頭は洗濯台
　トクタラトクタラ
トクタラと　心臓が鳴る

山手線原宿駅ホーム

午後九時の雑踏
《泣ぎ面っこ　いねが
《いい女　いねが
（スカーフの土産なんて忘れてしまった）
頭　トクタラ
心臓　ドキドキ
横目つかい　そのまま
横に歩く

*長長忌＝小熊秀雄の忌をいう

空翔ぶ品川さん

デング熱で

三日三晩を　ヤシ林でのたうちまわり
空襲の猛爆からも　のがれ
トラック島から生還した　秋田文化出版社代表・吉田朗
　さん

陸軍暗号兵だった　秋田鉄道管理局秋田機関区　最初の
ディーゼル運転手・藤田励治さん
（船川線は　いつも安心して疾りました）
ぼくは　ゲートル巻きが下手で　のろま
千秋公園で防空のトンネル掘りと
船川港での石炭かつぎ　それだけの経験です
吉田さんの髪は　白髪がめだちませんが
藤田さんの髪は　ずい分薄くなりました
（そのかわり　吉田さんの鼻ひげに茶色がでてきました）
ぼくのテッペンは薄く　白髪だらけです
　その頃　何処にいましたか
品川清美さん

＊

さすがに　商船学校航海科出身ですね
ひたいが後退して　髪も少し薄くなりましたが
背すじを　ピイン　と伸ばし
姿勢のいいのは　海の男だからです
美男の面かげが　まだまだ残っています

県庁で　いい仕事をしても〈馬ころがし〉されました
品川さんの生地の言葉ですが
足・ひっぱられ　出た杭は叩かれてばかり
そのかわり詩だけは　続けました
詩には〈馬ころがし〉なんかありません
詩だけに〈自由〉があります

おらあ　じゃご漁民だス
油代もねえ　れいさい漁民だス
ボロ船　一隻と
網ッコ　くもの巣ほどあんべえか
それで小ざかなとって
くらしているなだス＊

〈じゃご漁民〉は名作です
〈じゃご漁民〉が〈さすらい〉という曲になって
オランダやフランスで　歌われているのが　よくわかり
　ます
作曲した　ファリド・エル・アトラチさんは亡くなった
　そうですね
ルーツを辿って
カイロや　西ヨーロッパに行く
品川さん
マンドリン片手　〈うた〉の交流ですか
すばらしい　出会いがあれば　いいですね

滞在は
スペイン・マラガですね
地中海で　マグロを蓄養し　日本へ空輸する
秋田・八森町　山口さんの
現地法人・インマルコ社の仕事を手つだって

＊

ゴヤのくに
ホアン・ミロ
パブロ・ピカソ
ガルシア・ロルカ
眼にはみえないだけ　肉体がないだけで
おりますよ　きっと
アトラチさんも　同じです
カイロか西ヨーロッパの何処かに

出会ってきてください
〈人間〉に　出会ってください
たったひとりでも　よいのです

＊

六十歳に旅立つ　品川さん
吉田さんも藤田さんもぼくも　みんなが
Vサインをだします
肩をくんで　われらの時代
　オールドブラックジョー

フォスターを歌って
お別れしましょう

あちらの
元気な絵はがき
たのみます
空を翔ぶ　品川さん
一路平安
（空翔ぶマグロにのって　お帰りなさい）

＊品川清美——じゃご漁民

麦の秋　ふたたび——伊藤信義さんに

盛岡駅
新幹線〈やまびこ十二号〉の窓に
小麦の穂先が斜めにかかる
揺れて　一瞬
黄金色に輝く

ナンブですか
キタカミですか
あと数日で　刈られますね
秋田の大潟村は　少し後です
（種子になって　立派に再生されました）
ナンブ種も　キタカミ種も
冬を過ごし　春に踏まれ
見事な生成ですね

いのち満たし育む麵麹になり
醬油の原料のひとつになって
与えるのですか　生きる歓び

＊

醬油・わが国固有の調味料の一つ　旨味と鹹味とを有し　特有の香気ある　褐色の液汁＊

炒ッタ小麦ト蒸シタ大豆ニ麹菌ヲ加エテ数日間ネカセ
醤油麹ヲツクル（結婚の床入りに似ています　微生物の
いのち誕生です）
　麹ニ食塩水ヲ加エ　タンクノ中デ約八ケ月発酵熟成サ
セテ諸味ヲツクル（タンクの中の諸味をなじませるた
め　櫂で愛撫します　微生物が跳ね躍りecstasyがき
て　静かに果てます）
出キアガッタ諸味ヲ布デ包ミ　ユックリ搾ル（一滴をも
愛しむ　汗まみれの作業です）
出キタ生醤油ニ熱ヲ加エ　色・味・香ヲ整エル（生醤油
のお化粧です　葡萄酒に似た香りが漂い　温湯で薄める
と椎茸のような香りもします）
豆蒸しに連続蒸煮機　麹つくりに円盤型自動製麴装置
諸味の製造は密閉温醸タンクなど　オートメ化が進み
バイオ・テクノロジーも導入されてきました
汗と経験と頭脳が醤油の底に　大樹の根を張り　ずっし
りと　いまも生き続けています

「醸造は芸術なり」
農学博士・松本憲次の言葉が甦ります
ペット・ボトル　一リットルの
醤油のなかから
精神と肉体とを垂直に繋ぐ　腕が現れ
映画〈未完成交響曲〉の麦畑
モノクロームの画面にそよぐ　亜麻色の髪が重なりあ
　って視えました

北上駅
輝く黄金色の斜光
auraの像を残し　十年めの
麦の秋がきた

＊広辞苑

八月十三日の墓

磯崎ノブの墓

きてくれましたか

男鹿・茶臼峠の焼き場
降り止まぬ一月の雪　踏みわけ
きみの祖母をお骨にしてから　七ケ月
吹雪く北国の　寒さ厭い
温暖な沼津に職を求め　六年

きてくれましたか

八月十三日の昼下がり
秋田楢山・金照寺山裏カトリック墓地
　一九〇四年一月十日生・一九六二年五月三日永眠・
　マリア磯崎ノブの墓・一九七〇年十一月一日・磯崎
善之助建立

焼ける十字の碑面に水を交互に注ぐ
生涯　独り暮らしだった聖心愛子会の裁縫教師
ノブ大伯母さん
胎内で眠るきみの目覚めを　待つだけの死の床
待ちきれず　天に逝った
その日から雨　降り止まず
葬った五月五日は　子供の日
雨滴　眼と頬　濡らし
重いシャベルの記憶が　右腕に残っている
　信仰深いきみの　守護霊みたい
赤松の林を背に　墓が団地のように並び
空地が少なくなって……
　ここに　お墓建てる？
修くんの声を　遠くにきく
信仰うすき　父

きてくれましたね

磯崎夏樹句碑

初めてですね
佐竹城跡・千秋公園本丸・八幡秋田神社境内
赤松の大樹に回繞されて
鳥海石が台座　高さ二米・幅九〇糎
インド・ミカゲが豪壮です
〈みちのくの明日なき晴れや落葉風〉
夏樹こと磯崎善之助二十七歳の　句
正面が東　太平の嶺
後ろが西　秋田の街なみ
碑面　赤松と青空映し
　鏡みたい
そう　きみの鏡
「これが　私の墓」
口ぐせのように言っていた　きみの祖父
　付き合っているひといます　いい？
頬そめてさし出す写真
八重歯の幸子さん

　秋が好き　こんど一緒にきます
最初の秋は句碑がいい
二十七歳になる息子　二十二歳の幸子さん
若者たちに　幸あれ

しまひ花火

　　　　　　　　しまひ花火命終のごと闇に落つ

花火　みていますか
七階ベランダからは　よくみえるでしょう
右肺半分　食い冒し
それでも足りないか
淋巴腺を襲い
喉もとに移ってきた　癌細胞
　白桃　食べましたか

だんだんに　やせ細って……
娘の睫が
〈夏樹〉の葉かげで　濡れています

　耐えているのですね
命終が近いのを知って……
耐えている娘がいます
癌を告知できないでいる　小さな胸が
眼の前に

　花火　みていますか
宙彩り　爛爛輝き
花火と合体した姿が　朧ろに視えてきました

　こちら　二階のトタン屋根です
しまひ花火
　　水底かけて
　　　開きけり＊
みごとな　みごとな大輪　みましたか

＊夏樹句

ラッキーストライク——磯崎夏樹に

Ⅰ

　煙草のせいでしょう
一日三〇本　三〇歳から五〇年　五拾四万七千五百本分
の
煙　吸うなんて
病床の見える庭でにんげんの雀どもが囀っている
決め付けないで下さい
相関少しだけ
支那事変従軍の　肺疾患が　原因かも知れないし
観念で簡単に決め付けないで
いつも怠い胸の
骨哭き　知っていますか

出せない声の
発したい言葉の悲鳴　聞こえますか
耳　澄まして下さい　すこし黙ってて
沈黙は　祈りの形に見えますから

Ⅱ

煙草吸いませんか
ラッキーストライク
始めていただいた　アメリカの
両切闇煙草
　おう！　ボクの金鉱脈
と
叫んでいました
ラッキーな　ラッキーな出会いの
ストライクです
一カートン　お棺に入れます
永遠の方に行く前の　一服
吸いましたか
吐きましたか

あちらで　一本
こちらで　一本
金田さん・村山さん贔屓の　煙の直球
天に投げます
ストライク！

ラッキーストライクを　ありがとう
今度　会いに行くときも
お側に　行くときも

ラッキーストライク

雨

雨が
屋根の庇に　溜まる
狭い庭が　しとどに

濡れて
夜はまだ明けきらないのに
さわさわ　毒ダミ
花の部分だけ明るく　白い
さわさわ
恋猫どうしの愛撫　一部始終をみている
あなたも　どうぞ……
いっている　眼
だ

梅雨は終りに近いのに
募る　欝
じくじくじく
と

blue

東北新幹線禁煙車

一瞬の　まどろみ
エレファント・マンだ
大きく
気もちだけでも大きく　下腹部の
鼻が囁く
夢だな

魂が宙ぶらりん　だから
日は　はしらごよみのなかに浮遊して　いる
ふわふわわのまま
捲られて　おちるか

今日　父の日
長い髪の女の子にもらった　水玉模様のネクタイ
結び目に　手をやる
無理に長めた縮れ毛束ねた女　布きれの結び目も
浮かんで

北上辺り

北帰行のメロディー
blue blue
雨雲ばかりで

逢うは別れ

逢うは別れ
奥羽の山並みは
天に屹立して続く
　もう行くな　東京
暗い眼して　狭い空をみている
トンネルを抜けるとトンネル
しどないという駅を　にどないと読んで
にどない
にどない　車輪が
にどないと　まわる
すごい速さ
黄昏て

死がみゆるとは愚かにも夜の秋*
おそろしい日没

*夏樹句

鴉への手紙

子鴉のむくろにゆれて白牡丹　道子

ギャアギャア　ギャッ
鴉鳴きがしました　同時に羽ばたきがしました
暁闇の宙が　切り裂けたかと思ったほどです
狭い庭に　子鴉のむくろがありました
白牡丹の木のしたです
白牡丹には　黒い蝙蝠がさを雨よけに立ててあります
体温が少し残っていました

子鴉さんは　病気で衰弱したのですか　それとも
心にうけた傷のショック？
母鴉がせっせと餌をはこんでも　自力で翔ぶ練習をし
　ても
　駄目だったのですね

蝙蝠がさを　母鴉と錯覚したのかもしれません
母鴉が　白牡丹の木のしたに連れてきたのかもしれませ
ん
鴉からの信号を　受信したような気がしました

同時に発し合い　受信する信号があったのを　長い間
忘れていました
それは　生きものどうしの
Libido にも何かしら似ていました

ついに　翔べなかった子鴉は
白牡丹の木のしたで眠っています
小さな十字架です

萩の山へ

汲み取った糞尿をコンクリートの槽に溜めて、充分に腐敗した状態を熟したといっていました。

肥桶をかついだ日々。兄弟三人、イチ・ニイ・サン。五キロ程の払戸（ふっと）村小深見部落萩の山。猫の額のような、賃借の畠。秋大根の肥やしにするために。

小さな腰を振り振り、桶の揺れに合わせ、イチ・ニイ・サン。飛沫が胸にかかり、顔にもかかります。辿りついたとき、木桶の底が見えたこともありました。イチ・ニイ・サンは、だんだんに要領を覚えましたが、ニイ抜けました。

ニイ。ヒロシ。浚渫船から岸壁に渡した板から滑り、水死した弟。小柄で、敏捷。米俵六〇キロを三〇分間、さし上げたヒロシ。泳ぎの名手。男鹿の海のとび魚も駄目だった、夜の東京湾。

桑名市に陸送された亡きがら。二ＬＤＫ。おはよう、起きだしそうな笑みの、閉じた眼。睫の相似。

仏壇の写真、見ています。相変らず仕様のないイチよ、兄貴よ、と苦笑いしているみたい。

メチル・メルカプタンは腐敗臭、不潔臭の成分です。ヒロシの匂い、肥桶の臭い。香料会社にサンプルしても、似た香料はあるでしょう。つくれても、売れませんし、ヒロシの匂い、ヒロシの記憶はできないでしょう。

ヒロシの記憶探しに故郷の〈家〉に行きます。故郷は萩がそよいでいるでしょうね。コンクリートの肥溜は塞がれ、萩の山は平らになって住宅の森に化け。でもヒロシの匂い探しに出かけます。むかし探しに。嗅ぎたくて。

ひとりの女　愛せずに

ひとりの女　愛せずに
好き好き
好き
Letter 書き

　いつも　あなたのため祈ってるの
かつて一度だけ言った女　朝の missa に行った
木内デパート向かい秋田カトリック教会
神と逢うために
　マリア・ノブ伯母さんはあなたの　背後霊
さくら散る　そこで
結ばれたのだった
ノブ伯母さんを証人に
女と
おんな
重なって
散らしたさくら
散らしたいさくら　花びらの
夢記憶　淫ら

ハム一枚　卵二個

フライパン　サラダ油
炊飯器湯気
卵一個　鍋
味噌　本だし
水

ひとりの女　愛せずに
宛名　書けず
好き好き
好き

生きる

魚の匂い　と
獣の匂い　と
ひとの匂いで　ひとは
ひとくさく　匂う

少年は　若葉と乳の匂い
青年は　青葉とLove の匂い
壮年は　樹液と生殖の匂い
老人は　落葉と土の匂い
ひとくさい匂い
素肌の匂い
ひとが　好き

魚の匂い　と
獣の匂い　と
ひとの匂いを　いのちに
湛え

からだを　土に還すため
生きる

（『男、おんな』一九九一年思潮社刊）

詩集〈祈りのレッスン〉から

最後の戀

暮から五寸一尺
雪　二度積もり消え
まだ根雪はこない
廂からの落雪を冠った曼珠沙華の
葉茎折れ

株わけしてくれた母屋の父が逝ってから
二度目の冬
　七十の戀の火探せ曼珠沙華

薄緑の自筆色紙と
東京の女俳人Kの遺品の押絵が
書斎にかかったままで

端正で美男
浮いた話は聞かなかったが　ついに
花を見なかった父
幻の花のした
イトシイトシトイウ　ココロノ
句だよりを交わしているか

正月七日・六十歳
　秘めごとを素面で言えず酔うて言う獣ならねば哀し
　く愛し

きみもまた　最後の戀か

狐顔の夏

夏にひどいカゼをひいて
ようやく熱が下がった　洟をかんで
机の上の写真をみている
剃ってから三日めの髭に

手をあてる　頰は
齢ほどにこけていて
食が進まないから　だんだんに
狐に似てきて　その
狐顔が天井板をみている

二度目か
死ぬほど好きになるなんて

かつて
屋根裏部屋で
天井板の雨水のしみに
死ぬほど好きな顔を　むすび
食だちした青年のぼく
ふっくらやわらかい頰がこけた
狐顔の夏

　あなたどう
なおった？

一度めの
死ぬほど好きだった声が
何とも潑剌としている

　些細なことに憤り

些細なことに憤り
怺え性のなくなった老人性短気
今日を忘れるために
眼を瞠る
瞑ってもおもいだして　左眼が
痛くなってきて

睫のヤニ
ヤニ眼・タダレ眼・アカ眼・ナミダ眼
季と節目があるように
眼にも節目があるかしら

左〇・〇一　右〇・三
遠くを見るときは左眼を
近くをみるときは右眼を瞑り
医者は
便利な眼　と
笑ったが
二つの眼鏡は　デスクの引きだしの奥に
押しこんだままだ
齢とともに眼が母に似てきて
母は死の一年前から　小さくなった左眼を
かっとひらき
しきりに寝間着の襟を
引き裂こうとしていたっけ

もっとも見たい人の顔かたちが
はっきり見えるレンズが
欲しい
左眼　右眼
どちらでも

テレビや新聞なんて見えなくても
生きられるし
美しかったときの母の眼に似た長い髪の
女の子
もう眠ったかしら

再び眼を瞑る
が
睡魔はまだこない

夢

夢をみた

　お魚が好き
いつかの電話で好物を尋ねたときの答だったな
今年の夏は白鱚釣りだ
駅前の魚市場なんかに行くものか

夜明け前から
日本海の波を切り裂く船首のちかくに
どっしり腰をおろして
（酔わないで）
祈りながら空を見あげ
餌の沙蚕を針につける
素早く確実に釣らねば　ね

明日午後にはきっと届く
六寸ほどのを揃えたクロネコヤマトのクール便
みな　ぼくに変って（ぼくが変って）
釣りあげられクーラーに入って　もう死んでいるのに

きみの家にちかづくにつれて
口を
ことさら大きくあけ
アイシテイマス
格好いい言葉だけを吐いている　その度に

中身がだんだん　薄くなって行くばかり
（糸づくりなんてできはしない　きみの得意な）
口先を尖らして
アイシテクダサイ　アイシテアイシテ
きみのKissを待っている
それから
それからが大変で
　お魚が好き

夢は続いて

あきた　いのがしら

昼のうちから　あきた
書店で『Water fruit』
樋口可南子の隠し毛　paperを突き破る眼で
みている横から

毛むくじゃら腕があらわれ
「いいですか?」
金縁の眼鏡

開いたページのまま渡した
毛のない腕の
銀縁

金縁と銀縁
見知らぬ老人どうし
二ページの写真で目礼し
おお!　膨らんだ下腹部でも黙示しあうなんて
予期せぬできごと　まったく
不測の事態だ

*

夜がまだこないから　いのがしら
手をつないでいる程度の恋人たちを羨み
撮ったきみのポートレート

万緑のなか
櫻の古木の繁みの宙に
蛇みたいな眼が写っている
「澄んで　とてもいい眼よ」
お礼の電話でいった水辺のフルーツ　きみ
(きみを丸裸にしてね
視姦するレンズの眼)
いまだ言えずにいる
撮った場所はもう忘れてしまった　何でも
その辺には邪淫な
悪しき蛇の伝説があるというはなしだ

あきた　いのがしら
老人よ　健やかに

一九八五年・会田さんの夏

ビニール袋に一杯の夥しい薬を

いつ発作を起すかわからない
胸に抱え
夏にきた　会田さん

男鹿・船越　閉花村子居でアラマサ
駅前で缶コーヒー飲んでから
路傍にさいた黄の花の名を
聞いた
月見草
「ほほう」　細める前の
眼の輝き

秋田・山王大通り
地面から　ピイーン　と据えられた竿灯の
アタマ・ヒタイ・カタ・テノヒラ・コシ
中空の闇に開く火の華々貫き
撓る一竿
神との媾合
と

眩き

　大若の竿灯かつぐ男肩[*1]
　微かに軋む骨の歓び[*2]

付け合わせ

　梅雨の朝聖母の涙光りけり
ハガキを先にとばし
夏にきた　会田さん
添川・湯沢台・聖体奉仕会修道院
桂の木彫像
一〇一回の涙を流し終って
お顔が　黒ずんでしまった
マリア像
「観音　観音」
頑なに呼びつづけ
眼鏡をかけたキリストのようだった
奥羽本線上野行・特急寝台あけぼの号

見送りにきたSさんの光る下肢
「眩しいねえ」
ため息ついて項垂れた
会田さん

〈刀が一本アレバイイ〉
黒檀の木刀を杖に　ちいさくなったビニール袋をつめた
紙袋を下げ
狭山の朝靄の彼方に消えた
会田さんの夏

＊1 道子
＊2 綱雄

何にもない日の夕方

何にもない日の夕方
秋田高校VS大阪桐蔭高校　秋田高校九回二死の守り
菅原投手の一球
シュートボールに力が残っておれば
沢村選手の打球を中堅手が後逸しなければ
夢のなかにまでテレビの　昨日が現れ
もし
もし　ため息ついている

長椅子のかたい肘掛に　頭を
充てていたから
首筋が痛いうえ
汗をかいている
ずっと以前からカゼぎみで　頭の
底が痛くて
長いようで短かい
夏休みが終った日に
会社の夏休みが終った日に
今夏一番の暑さとは
何たることだ

教会の夕ミサ帰り
足をなげて　テレビの
メロドラマをみている　かつての
美女さん
衰えたな　入れ歯が入っているから
さほどでないけれど
無精髭に手をあてる
負けないで衰えた
美男くん

もし　息子が秋田にいて
もし　嫁さんがきみで　ここに
いたなら
おう！　どうしよう

もし
もし

二階の敷いたままのフトンに
あおむけになって
眼を閉じる　東の窓から
いい風がはいり
デビット・リンチ〈ツイン・ピークスⅣ〉リリースは
いつだったかしら
結末は　はるか先の
ようだから

生の the end はその後に
なればいいな

暗くならないうちに畠にでて
ネギに水かけ　丁寧に
丁寧に

テレフォンカード一〇五度数を

テレフォンカード一〇五度数を

二枚使いきり　つづきを
わが家から電話したから
ことば
は
なくなってしまった
（きのうもかけたし）
なぜ　喋りまくるのか
男づらさげてさ
「鉄筋コンクリートに
血の跡残して
ね」
米貯蔵のサイロに挑み　敗れた子猫ほどの
大潟村のネズミのことを
語ったら
「詩人の魂ね」　ひと言だけが
残っていて　ネズミに惚れたように　きみに
惚れたとはいったが
愛してる　とはいえなかったし
きみも
愛してるわ　とはいわなかった　ほかのことは
とっくに忘れた

ことしの夏は梅雨が

ことしの夏は梅雨が
ずうっと　居すわってしまって
日中も肌寒かったが
明けても雨
ついに
真夏をとびこして初秋
掘れないでいるうち
男爵イモはくされ
桃太郎トマトは薄い朱のまま実割れ　ボロボロ
地に落ちているが
雑草だけが
勢いよく増えて

雨ばかり
だから　海には
行けなかった
男鹿・加茂海岸に沈む夕陽をみることは
できなかったし
去年の夏

落日ごとフラッシュを焚いて撮った　ポートレートを
見ている
土に水が溜って草むしりもできず
見ながら
トランプ遊び

エースを切って　それから
キング
さあっと切って
クイーンに額ずくハートのジャック
を

夢想し
ジャックのハートをもって
切っても
ジョーカーに勝てっこないな
われにかえり

死者の帰る日がくるというので
草市の
桔梗
禊萩
蓮
アムスメロンや棚菓子　また
見えてくるものを
瞳の端によせる
土のついた茗荷も

「瞳に光があるうちに」

だれの言葉だった?

再び加茂の落日を瞼にえがく

三方が曇って暗く
西の空に少し青空が残っていて
その方向の
遠くの屋根に茜雲
セミが一声鳴き
茗荷の藪から藪へ
消えていった

ジーンズの線がいいから屈むと

ジーンズの線がいいから屈むと
もっとも丸くなるかたちを想像して
ラ・フランスがもうテレビに出ているものだからジーン
　ズの
後ろばかり見ている　擦れ違っては振り向き比べて

近ごろ変よといわれ　若くなってきてね
苦しまぎれにボディビル　力瘤をだし
九〇キロの醤油樽を背負い歩き　六〇キロの米俵を自力
　で担いだ
青年時代の名ごりをみせたが　戯れて
スリムなジーンズのきみを背負ったときはよろめき腰が
　くだけた
あの重さはいったい何だった？

花見がえりの浅草フランス座

花見がえりの浅草フランス座
酔客としてカブリツキで　踊りに拍手
裸身を見たきみ
同性だから当然羞恥心はないだろうし

踊り子さんをじっと見つめている男たちの
「眼が可愛かったわ」
といったきみが　可愛くて
誘った悪友たちに感謝せねばならぬ

別れたあと　むかし船橋の西船ミュージックだったか
若松劇場だったか　一条さゆり最後の舞台
トイレ臭と踊りに酔い痴れた酔漢
ホトから　一条の〈瀧の白糸〉

勢いよく精を洩らした夜を思いだし
同時代なら　さゆりさんならぬきみをラブホテルに連れ
　ていって
抱いていたよ　何せぼくの夏は
とうに終わってしまったから

不用な　高橋鐵の〈あるす・あまとりあ〉を送った
何とも馬鹿みたい　着いた返事を
きく必要はとんとないが

好奇心だけが旺盛の似た者どうし
父　娘と呼びあっている
おでこ合わせ髪をなでる程度でストップ
くち　ちちくび吸ったことがないし
どんな踊り子さんよりウラビデオのいろいろよりも

美しいだろうな　〈触れられず見つめるだけの桃の宙〉
発する虚偽の言葉の舌先だけが近く
ぼくの時代はきみとの距離のように遠く
はるか彼方へ過ぎた

祈りのレッスン

祈りを
真似ごとのように何度も
繰りかえしている
映画〈真夏の夜のジャズ〉
マヘリア・ジャクソンの歌った

主の祈り
画面が幻のように浮かんで
素晴らしかった　何故か甘美な感じがあって

テレビは　梅雨前線が停滞し
九州・中国・近畿地方の大雨と洪水の
昨日の映像をながしている
前線がこちらにもきたが　明けがたに雨は止んだ
じくじくじく
毒ダミが生ぐさくにおい　挑む恋猫の声がし
庭に出る気にはならない
草雀りなんてなおさら　いや
じくじくの鬱が襲ってきそうで　祈りのことばも忘れそ
　うになるから
祈りを何度も　繰り返している

われでなく
われらのための　祈り
単
から
複
せめて
たったひとりの
ための

青空の慈愛を空想してね
祈りを　日々に生かすに難く
行うになお難く
われという鬱が顔を出しそうになるから　曇天だから
なおさら

主の祈り

マヘリア・ジャクソンのレコードに針をおろす
〈真夏の夜のジャズ〉
マヘリアほどでないけれど胸の豊かなきみと
最初のデートの夏に見た映画だったな

祈りの最中に　じいんと
想いでがきて

（『祈りのレッスン』一九九七年思潮社刊）

詩集〈暁闇 自転車に乗って〉全篇

暁闇 自転車に乗って

暁闇　自転車に乗って
楢山南中町から　餌刺町へ
楢山の小路をくねくね抜ける
築山小学校前を越えると　大堰反
そのまま直進
右折

秋田新幹線こまち号の走るガードの真下
明田地下道を潜り抜ける
秋田駅南　東通り館の越へ
広面から赤沼　太平山を借景にして
遠く出羽の山脈に続く新開地
かつては秋田の穀倉だった　泥鰌も田螺もいて
路幅の広いみごとな街並みに

稲穂波うつ金色の幻をみたきがして
あわてて右にハンドルを切る

東通明田二番地で自転車をとめる
ここは真澄みち
文化八年秋　菅江真澄の通ったみちだ
小丘の道端に
「釜木薬師」の標識
　釜木てふものは山賊のいふ、奈良(なら)、武南(ぶな)、委多也(いたや)、波(は)
　奈乃起(なのき)こそよけれ*1
真澄は　草鞋がけで歩いてかいたが
自転車で来て　ただ
佇んでいるだけだ
二段　三段　四段　石段をあがる
なら
ぶな
いたや
くろまつの大木
さくらの若木に囲まれて

佐竹義宣が　水戸大洗海岸から招請した磯前神社が
建っている
何ということだ！
海辺でもないのに
ずっと以前から
此処に祀られていた釜木薬師を取り壊して
何ということだ　いったい

なら
ぶなの梢越し
夜明けの空に開く　黒松の枝
二股の根元に白蛇の化身
美女が住んでいて
恋焦がれる若者のものがたり
美女恋の伝説が残っている巨木を
真澄は見ただろうか　このみちで

薬師道
から

見あげる頭上　海抜三十五メートル
かつては　日本でいちばん低い富士山を誇って
田園に屹立した美しい山容も
いま　ビルに遮られ
海抜ゼロメートル、八郎潟の底に
突然出現した人工の山
水中のコアマモ　リュウノヒゲモ　キンギョモや葦
水底のシジミの堆積の上にのった　大潟富士に
その席をゆずってからは寂しそうだ

ゆるい坂道を下り
左折
太平川に沿う疎らなコスモスの小道
富士山神社入口とかいてある急斜面
参詣せず　三十五メートルをいっきに登る
頂はサルビアの花園、
近くに　楢山の街並み
遠くには八橋の丘が　ビルの間から
かすかに見える

＊

再び自転車に乗って
太平川岸へ
まだ　陽が昇りきっていないから
上流の方に霧が残っていて

小橋を越える
秋田カトリック墓地公園に立つ
主の国で永遠のいのちを得て
この世では眠っている　クルスの
家
クルスの家
クルスの家は　赤松の林と夏花壇に抱かれて
ほほえんでいるようにも　見える

（きみは　死者の声を　聞くために　きたのか）
（生かすために　きた　水を濯ぎ　より美しく　生か
すため）

幹から梢　その上の
雑木林にまで油蟬がいっぱい
蟬しぐれ
一瞬　止むと
　でっでっぽっぽ　でっでっぽっぽ
負けずに　山鳩

昭和三十七年五月
お骨にならないでクルスの家の人に　なられた
おからだ
ノブ伯母さん
リネアリス　メランポジューム　ビクトリヤ　サルビヤ
の
小さな
小さなお庭　見ていますか
根のずうっと下　底の方で
（遠くならないうちに
おめにかかりますから）

花ガ　泣イテ　イマス
　泣カナイデ　泣カナイデ
水を濯ぐ　愛撫するように濯ぐ
　泣カセナイデ　泣カセナイデ
ヤスコ師がいつも呟くから
　泣カナイデ　泣カナイデと　呟く
（ヤスコ師の故郷は男鹿船越の隣村　脇本の地だ）

咲き揃った夏花のみごとさに　つい
〈傷の花〉という詩をかいて
盛りを咲いているきみのことを　想った
様々な害虫や毒虫を
寄りつかせずにいるきみ
（天性の自浄能力があるからな）
かりに寄りつき　襲ってきても
撥ねつけるだろうか
があん
があん　と

思いこみ
思いこみの激しさ故に　ならじと
より美しく咲かせるために
水を濯ぐ
　泣カナイデ　泣カナイデ

＊

再び　自転車に乗って
南通り築地から南通り　南通りから
南通り亀の丁へ
有楽町とも言う映画街を抜ける
中通三丁目から一丁目
旭川岸の柳並木を通る
（土手長町と呼んだ地名の　懐かしいところだ）
陽はビルの端に昇り
　蘇る街の清流夏つばめ[*2]
溝川から
鮭が還ってくる清流によみがえった
旭川に沿って
　スローに進む
すうい
すうい
かる鴨三羽　すうい
澄んだ水上を泳いでいる
　水底をみて来た顔の小鴨かな[*3]
そっくりの風景だ

上流へ少し　遡って
左折
一丁目橋を渡り
「ダイエー」横の小路まっしぐら
突きあたる寺町通り　浄土宗当福寺前
自転車を止め　降りる
文政五年の真澄みち
当福寺前まんだら小路
　ある年の　如月の始め小夜ふけてまんだら小路を通り
しがいぼむし舞をせり　その唄にいぼむしまひをみさ[*4]

　いなみさいな[5]
と　真澄はかいた

まんだら　まんだら
当福寺のまんだら　死者は
還ってくる　みほとけのかたち
まんだらにも似たかたちで
年に三度　還ってくる
まんだら
まんだら

まんだら小路から　少し先
八橋の地形を瞼にえがく

寛永元年六月三日（陽暦七月十八日）
草生津（八橋）と呼びし地
一　きりしたん衆三十貳人火あふり
　内貳十壹人は男
　　十壹人は女

一　天氣よし
佐竹の奉行梅津政景が日記にかいている
その年　草生津の刑場で
ひあぶり
ざんしゅ
はりつけされた殉教者は計九十六にん
先刻通ったばかりの中通三丁目の旭川岸
土手長町と呼んだ地の獄舎から　引かれ
通り町から
八橋へ
「通り筋ばかりでなく、野も山も見物人で一杯になっ
た」　と
東北キリシタン史[6]に記述があり
いま　丘が半円形に囲むところから
全良寺本堂附近と推測されている　摺鉢の底の刑場
草生津

真澄は知らされず　知らず
文化元年と文化八年

草生津を通り
寺内にかかる小丘を越えたろう
（奇しくも今　草生津から指呼といっていい寺内の丘
　に眠っている）
真澄
真澄よ
土崎を経て　天王から船越に渡り
知らず　知らされず
　天王・岡田の渡しから船越の浦にいたり
　天王の浦から八龍の浦にいたり
男鹿のさむかぜ　と
男鹿のあきかぜをかいた
知っていれば　秋田のキリシタン殉教をかいたろうか
どうかいただろう

　草生津の血脂泌むる土おもへ先づひれ伏して禱り唱え
よ！
（草生津を想う　頻りに想う）

寒風山を正面に見て
天王から船越へ　船を漕いだ船頭
渡し守は誰だったか
真澄はかいていない　が
渡し守と同じ水辺を故郷としているから
　どく・どく・どく・どくと
同質の血の流れを感じたきがして

＊

　潟をふくさむかぜおろしもはげしくていま翔けゆくは
鷺か潮満つ[*7]

　長男の我と変らぬ性格がこの世の繫縛ならむ死にたし[*8]
船越仲町　円応寺
十八世住職　粟津祐逸はうたったが
粟津祐教として　十九世を継ぐべきを
継がず役者になった　粟津號
昭和四十七年・日活映画　「一条さゆり濡れた欲情」に
　出演したきみの演技は

素晴らしかったが
昭和五十七年クリスマス
出稼ぎから帰郷のホーム
上野駅十四番線に立ち　息子への土産の
ミニバイクの夢をえがき
酔の果て　ホームに沈んだ　由利郡鳥海村・佐藤叶(かなえ)を
見事に演じ切った「上野駅十四番線」
昨年七月六日の　ひとり舞台は
凄くて震えた　それに
七月六日は天王と船越の祭典
真澄のかいた　東湖八坂神社宵宮の日だったとは

こんどは敬老の日の　〈ひとり舞台〉
「千年後の日本人へ」を演ずるという
最後の江戸木挽き・林以一と
薬師寺西塔の再建に腕をふるった
宮大工の棟梁・西岡常一を演ずるというきみ
まんだら　まんだら

当福寺前　夢か　うつつか
まんだら小路の大休止から
われに返り
（きみに　会うために　きたのだ
千年後の日本人へ　その声をきくために）
陽はビルの谷間
欅並木の梢　天空にあがり

再び自転車に乗って
山王竿燈大通り
アルファインという名の素敵なホテルにいる
きみを　目指し

＊

人　すべて自らが渡し守の役で
あちらから渡されてきたから
こちらから　あちらへと船を漕ぎ
こちらから　あちらへ行けるから
あちらから　こちらへと船を漕いで下さる方が

ことばで　神とか佛とか名付けている方なのだろうか
全く想像もつかない　かたちで
こちらから　あちら
あちらから　こちらへと循環して
（何故か渡し守役に徹した映画の　柴又の寅さんのこ
　とも想って）

「老いとは春です　来年のないところが粋じゃありま
　せんか」
昨日いただいた　詩人のふみ
〝詩人は　死んでも生きる〟
左脳のミクロの回路から　声がして
嬉しかったから
とても嬉しかったから　でも
現世では
もっと　もっと長生きして！
ホテル・アルファイン
自転車をとめ　おりる
（急がないで）
（急がないで）

＊1 勝手の雄弓より
＊2 磯崎夏樹句集「千年杉」より
＊3 内藤丈草句
＊4 かまきりの仕ぐさをして舞う
＊5 久保田の落穂より
＊6 浦川和三郎著より
＊7 歌集「八郎潟」より
＊8 同

夕映えの丘――M・Kに

「きれい！」
嘆声をあげた瞳に　射す
光

八望台
コスモスの花群を構図にいれて
ファインダーをのぞく
さっき通り過ぎたばかり
男鹿温浴ランド入り口の標識を
男鹿混浴ランドと
読みちがえた眼
（近眼なんだけど）
ちょっぴりあった悪い眼を　レンズごと
父のような眼差しにして

「きれい！」
二度目の嘆声が流れる
夕映えの丘

いい一日は素早く　瞬く間に過ぎる
幻だけが瞼にやきついて

月みれば——H・Sに

（月みれば水のふるさと思うかな）*

夕映えから残照へ　刻一刻移り行く
天王の　松林に囲まれた家で

　みていますか
岸辺に佇み
森山の端にかかる月の　みずうみの幻

月影を湖面に浮かべて
寒風の峰にのこる残照のいろ　ひかりの幻

水のふるさとの幻
　みていますか

全身を瞼にあつめ
ぴったり合った写真のピントにして

幻　その一瞬のために

＊貝塚静薫句

マイ・ガーデニング

（自転車の神父が裾の草虱）＊

曇天だから　いっそう
くすんで見えるまち　広小路の光らない空を裂いて
お告げの鐘が鳴り

光る音　耳に入れて
司祭館前の庭
チューリップの球根がいっぱい詰まった小箱を傍らにおき
鍬をふっている
ゆっくり　ゆっくり

真向かいの老舗デパートのように老いて
力がなくなったけどね

頭のなかに　雑草ばかりはびこるから
祈りとガーデニング
ごちゃごちゃ
混ぜているけれど

日課のミサ帰りかしら
ローマンカラーの神父さんが　自転車に乗ってくるよ
スータンの裾に草虱をつけて
草虱光っているみたいだ

＊縄田屋朗々句

涙目のX――N・Sに

サミー・ソーサを思っていた

（打ったかしら　ホームラン）
夏に　甲子園への出場をかけた金農ＶＳ秋商の
凄まじい決勝戦があった球場の隣
八橋陸上競技場スタンド
（マグワイアの七十本に並ぶのは難しいだろうな）
いつもならテレビ桟敷に陣取っていたはずなのに
知的障害者の友愛スポーツ大会の応戦席にいて　それから
競技場のなかへ
いつも空を見ているような睫と涙目の　Ｘ
Ｘと
手をつなぎ　腕をとって
歩いた
バスケットボールのシュート数を競うところへと
皮膚から肉
肉から内臓に伝わってくる何かがあって
心の鎧は捨ててしまった
十投中一投だけシュートが決まり
敢闘賞だ　その印の

鶴マークを胸にかけ　賞品のタオルを手に
表彰台の下　右端に立ったきみの笑顔が素敵だったよ
Ｘ
鉢巻き法被姿で
懸命に応援の旗をふっている胸に
見えない金メダルをかけてあげよう
Ｘ
今日　きみは
きみの勝者になったのだから
（こちらも目が弱く涙目でね）
目薬をさし
空を見あげる

眠ろうよ

土崎の空から爆弾の雨が降り*
一瞬のうちに死んだ　きみ

そのとき
岸づたいの船越で　炎をみて壕に逃げ
耳を塞いでいました

一瞬の夏は
きみのなかに　とどまっているから
こちらにも
まだ　とどまったままです

あの日から　死者の列に加わったきみ
死の国でも　目を見ひらいているのですか
見知らぬたくさんの友達と一緒に

あの日から　素早く
老いがきたようなきがします
老いさらばえたから
もう直ぐ　あなたのところへ行けますね

眠ろうよ

その日がきたら
膝枕しあって　眠ろうよ
まだ見ひらいているのなら　そのとき
目を瞑ってね

ゆっくり　ゆっくり
眠ろうよ

＊土崎空襲・昭和二十年八月十四日

逢ひたくて

逢ひたくて妹が御姿えがく宵天つ通ひ路開かせ給ひ

I

上田市・前山寺の小丘から望む
塩田平の六月は
眩しく輝き
懐かしさを風景ごと嵌めこんだ　涙目のおとこの

殺げほほに微風がかかる
遠く過ぎさったところから　はるか彼方へそよぎ
はるか彼方から　過ぎ去った遠いところへもそよぐ
海をはこんでくる
匂いをつれて

果実の匂いが漂い
杏に似た香りがした

福島・三春へ転居する　放浪の画家斎藤隆さんとのお別
　れの日
秋田市・川反・郷土料理店〈味治〉で
　で逢いは　すばらしい
おときさんは一気に　かいた

一カ月後の　〈味治〉で
「恋人きどりで連れ歩いたひとの　父親の齢がボクより
　若くてね」
語る三好豊一郎さんは　少しだけ表情に苦渋をのぞかせ
　たが
おときさんは　微笑で返礼した

2

千秋公園には　ほかに誰もおりませんでした
二人きりでも手を握ることなく
二の丸から本丸に向かって　ただ黙って歩きました
十センチほど雪が積もっておりました
牡丹雪が黒外套と赤外套にも降り　みるみるうちに積も
　ります
雪明かりが東屋の輪郭を　おぼろに示していました
長靴の跡に長靴がつづきます　そんなに寒くはありませ
　ん
夕食はコーヒー一杯だけでしたが　からだには
二杯分三杯分の暖かさが残っていましたから
東屋で　手の平に余る乳房に触れました
雪のように白く　果実の香りがしました
杏のような香りです

＊

落日の海を額縁にいれて　求愛しました
（それが　少年の頃からの夢だったからです）
灯台のしたの断崖
日の沈んだあとの草原で　KISSをしました
『トマ＝オペラ・ミニョンのアリア・君よ知るや南の
　国』が
体中に鳴って
いつも
いつでも　北の半島の突端が南の国でした

半島の突端は嫁ぎ先の家系からはみだし
神経を病んで辿りついたところでもありました
姑や小姑への気づかいで　豊かな胸が平になって　妻は
痩せ細っていきました
夫は性だけで
愛を知らなかったからです

「あのとき死ねなかったの
断崖のしたの海があまりにも蒼く　怖くなって……ごめ
　んなさい」
虫垂炎手術の病室で
下半身にそっと触れたとき　杏の匂いが漂いました

《もう　これっきりですか？》

3

男鹿市船越寺後ノ
円応寺ニ抜ケル小道　善行寺ノ隅ニ
化ケ物ガイマス
銀杏ノ巨木ノ下　鐘撞堂ノ辺リニイマス
（ヒトリ歩キハ　ヨシナサイ　暗クナルマエニ帰リナサ
　イ）

深夜
少年ハ鐘撞堂ニ近イ〈先祖代々ノ墓〉ノ前ニ立チマシタ
　化ケ物　デテコイ

チイサナ　ヒーローダゾ
清助守リトモエ守リ米治守リテツ守リ
　与助守リテル守リ　先祖ミンナガ守ツテイルンダ
朱イ金紗ノ振袖ガ　スタスタ歩イテキマシタ
髪ノ長イ
クリクリ眼ノ　白イ美少女デス
「逢イニ　キマシタ」

　視タコトガアル
少年ノ胸ガ　キューント疼イテ火ガトモリマシタ
　視タコトガアル
イツモ夢ニデル少女ダ
ソレハ遠イ日ノ記憶ノヨウデアリ
遥カ彼方ノ　未来ニカカワル記憶ノヨウデモアリマシタ

　寺ワラシ
　寺ワラシダ！
少年ハ逃ゲマシタ
過去カラ　未来カラモ

「振リムカナイデクダサイ」　ト
少年ハ祈リマシタ
デモ　トテモ淋シカッタ　デス
逃ゲナガラモ淋シカッタ　デス
「ニゲナイデクダサイ　フリムイテモ決シテ変リマセン
　カラ
鬼女ニナリマセンカラ　逃ゲナイデ
逢ヒタクテ　キタノデス」
宙カラ　寺ワラシノ声ガ聞コエマシタ
ボオッ　ボオッ　ト吹ク
アタタカクテ生グサイ風ニマジッテ　果実ノ香リガシマ
　シタ
杏ノヨウナ匂イデス

《もう　これっきりですか？》

4

「お時さん　助けてください
お墓に骨がありません　お墓に灰もありません

ここには何もありません
お骨は海辺の砂のなか　灰は海の滴の微粒子です」
円応寺と善行寺のお墓がみんな　泣き叫び
「お時さん　助けてください
空間が歪んでいます
時間もずれています　空間をおからだほど
もとに戻してくださるだけ
右手首の時計を　少しだけ
加減してくださるだけで　よろしいの
助けてください　二度と寺わらしになりませんから
お時さん　助けて！」
泣き叫ぶ墓の方角から嘆く　寺わらしの声がした

「誰ですか
空間を歪ませるのは
誰ですか
時間をずらすのは……」
お時さんの睫が濡れた　手鏡に

一六二四年七月の八橋草生津の空を焼きこがす
火と煙がうつり
サンタ・マリアを唱えつつ
うめき　もだえ　火あぶられる三十二人の
幻がうつった

藍色のピアスは風がないのに　揺れた
戦いや飢えで苦しみ　死んだ人々の過去の声　悲歌をきいた
胸底のビデオ・スクリーンに〈ゴルゴタの丘〉と
十字架上のイエス・キリストがうつしだされた

「かつて流した涙が川になり
流れる涙川
川になった涙の一滴一滴を　おからだに寄せあつめ
涙の血を流すのですか」
木彫像の聖マリア
秋田市添川の聖体奉仕会・修道院が視えた

《かの美しく恵まれた聖体奉仕会の一日、あれから一カ年余り経て私は思う。若しも……この私がその場に居合せて奇跡を見たら……木彫像からナマの血が吹き出すのを目に見たとしたら……私は今存在していなかったろう。……ここの修道院に現れた聖母の涙は、そんな卑俗な人間の女の涙ではなかったのだ。あまりにも広大な神の愛の涙であって、ノアの洪水の予言のような、人類の危機を警告され、悲しまれたのであった。我こそは箱舟の完全なものを造って安全を保とうと、いがみ合う現代である。破滅寸前の様相がある。[*1]……》
一九七五年春・聖体奉仕会を訪れた沢木隆子さんはかいた

「聖マリアは
あなたのために　哭いています
（わたしのためにも……）
逢いたいお方がおりますの
逢いたくて
でも……」

でも
でも
お時さんの呼気は　白い一条の光となって
光は
お時さんを包み　宙に
消えた

5

秋田駅から船川駅まで　船川線が走っていました
C11の蒸気機関車が忙しい呼吸をくり返し
有蓋貨車まで乗客が溢れていました
石炭を焚く煙の臭いや　魚商人の匂いに交じって
女学生たちの果実に似た匂いもします
「憎らしいひと……」
背中を抓る　柔らかい手がありました
強い果実の匂いを嗅ぎました　だれなのか知っていましたから
黙ったままでいました　またそれだけ　車内が混んでいたのです

嬉しさと　恥ずかしさが拮抗して争っていました
五年後　父の職場の同僚になられましたが
逢わないように　で逢わないようにと　避けつづけました

＊

（手を握ってあげたい）
抓られた背に残る痛みの記憶
それが　性の目覚めであったのかも知れません
しかし　〈ふれる〉〈さわる〉　その言葉さえ禁忌でした
家庭でも教師である父　学校でも修身の教師である父から
教えこまれたのは　〈いけない〉〈いけない〉〈いけない〉
それだけです
いい匂いがして　柔らかくて　温かくて　熱くするもの　それは
とても大切なことなのに　なぜ罪悪視するのだろう
〈叛いてやる　叛く　叛く〉　父への反逆のはじまりでした

手を握ることは　結婚することに短絡し
ふれるさわるも　同じ重さにしていました
ただ　臆病でひどい吃音でしたから
強いて自身に言い聞かせました
あのかたは不良です　いけないひと

湖の岸辺の葦原越しに　その方の住む村落が見えます
遠くに灯がともり
最後の葦切が鳴き止みました

《もう　これっきりですか?》

6

小サナ川ガ　流レテイマシタ
新堤
根木堤
大堤
長沼
水ハ湖カラ沼ニ流レ

沼ハ湛エタ水ヲ湖ニ戻シ

長沼ハ美シイ
小サナ沼

正面ハ
柳ノ古木ノ並木デ
葦原ガ囲繞シテイマス
マガモ
ヨシガモ
カルガモガ
水ヲ切ッテ行キマス
柳ノ枝ゴシニ
寒風山ガ夕陽ニ映エ　水ガ輝キ
　〝ギョギョシ　ギョギョシ
葦切ガ鳴キダシマシタ

少年ハ　ユックリ沈ム夕陽ヲ見テイマシタ
湖ノ辺ノ少女『ソノカタ』ト見テイマシタ

小サナ腰
ト
腰デス
夏ノ終リデシタカラ
草イキレガシテイマス
ソノ少年ヲ　少年ト同ジ少年ガ
立ッテ見テイマス
風ガ少シ立ッテ　少女ノ
長イ髪ハ　金色ニ輝キ風ニソヨギハジメマシタ
赤イ　ツーピースヲ着テイマシタ
照レクサイ少年ト
眩シイ少年ハ　俯クダケデシタ
水面ニ逆サニナッタ寒風山ガ映リ
小波ガタッテ　キマシタ

葦切ガ鳴キヤミ
少年ト少年トガ重ナッテ行キマス
湖ノ辺ノ少女ガ振リムキマシタ
クリクリ眼ノ白イ美少女デス

ピョン　ピョン　飛ビ跳ネ
柳ノ小枝ヲクワエタ朱唇ガ
「イラッシャイヨ！」
イチバンノ古木ニ凭レ　手マネクノデス
　視タコトガアル
少年ノ胸ガ　キューン　ト締マリ
焼キ鏝ヲ押サレタヨウニ
ジュウ　ジュウ　滾リマシタ
　視タコトガアル　イツモノ
夢
ノ
少女ダ

沼ワラシ
今度ハ沼ワラシダ！
少年ハ　ヤタラニ足ブミヲ　クリカエシマシタ
沼ワラシハ
「逢イニ　キマシタ」
ト

微笑ミマス
足ブミヲスルタビニ　何故カ少シズツ沼ワラシカラ
遠ザカルバカリデス
「逢ヒタクテ　キタノデス　ニゲナイデクダサイ
鬼女ニナリマセンカラ」
沼ワラシハ　ピョン　ヒト跳ネデ　少年ニトドクノニ
跳ネマセンデシタ
少年ノ方カラハ　三歩ホドデトドキ　抱ケルノニ　少年
ハ
口惜シカッタデス　臆病ガ口惜シカッタデス
「抱キタイノニ」

「抱イテアゲタイノニ」
陽ガ落チ　闇ガ濃クナッテキテ　ダンダン
沼ワラシガ見エナクナッテイキマス
沼ワラシノ長イ睫ニオリタ露ガ光リ　キラキラ涙ダケガ
　見エマシタ
「逢ヒタクテ
糸ヨリ細イ血脈ノ　血ノ川ヲ伝ッテキタノニ

妹トシテ抱カレ
姉トシテ抱クタメニ」

沼ワラシハ　闇ニトケ　消エテ行キマシタ
「オ時サン助ケテ！　助ケテ　クダサイ」
星ノナイ空カラ声ガシマシタ
ヒトキワ黒ク沈ンダ長沼カラハ　沼気ガ漂ウバカリデシ
タガ
宙カラ
カスカニ果実ノ香リガシマシタ

《もう　これっきりですか？》

7

長沼はいまは　ありません
住宅団地の下に埋もれて　眠っています
地名として残っていて
寒風山も　美しくは見えなくなって　いまは
柳の古木が　三本だけです

船川線は　がらあきの男鹿線となり
ディーゼルが走るだけです

善行寺から
円応寺にぬける小道は
アスファルトの道路になりました
鐘撞堂の上には
三〇〇ワットの蛍光灯が辺りを照らし
大銀杏が二本切られ　だんだんに
お寺は明るくなって……
（漆黒の闇がなくなり夜を怖れるなんて　もう昔の夢）
先祖代々の墓に枯松葉が落ち　雑草が繁っていました

長沼の団地から
ランドセルを背負った少年と少女が　ゆっくり
自転車をこぎだしました
ファミコンゲームの話をしているようでした
キラリ
自転車が

光り
遥か　秋田の方から
じいっ
と
視ている　お時さんの眼がありました

「なぜ？
いつもファミコンやゲームで　頭のなかがいっぱいな
　の？　いつも
攻撃ばかり　本当の敵はいるの？
数字や図柄のボタン押し
ボタンのひと押し　誤ったボタンのひと押し
戦争を知らない　子供たち
愛を知らない　子供たち
野ばらの棘を　知っていますか？
手の痛みと血の匂い　知っていますか
花にも人間と同じ名前があって　タロウくん　ハナコさ
　んもいることを

おしべ
や
めしべ
は
生殖のためだけではなく
〝で逢っているの　愛しているの〟囁きに耳をあてて！
で逢いを知らない子供たち
で逢っているのに　それを知らない子供たち
で逢いの記憶すらない父と母　その子供たち」

お時さんのフリルのついた白いブラウスに　涙の雫がこ
　ぼれました

「何故です？
逢ったときから　他人なのですか
何故？」

お時さんは　知っていました
少年と少女の自転車の距離は　だんだんに

永遠の彼方に広がり　この世では二度とで逢えない
異次元の彼方に去ってしまうことを　でも　でも

「なぜ？
なぜ？
逢っているのに　で逢っているのに
何処ですか
何処にいますか　三十年　五十年　百年
過去の何処か
未来の何処かで
で逢っているのに　気づいて！
早く　早く
光が届かず　だんだんに見えなくなってしまうから
早く　早く」

〈お時さん　助けて　助ケテクダサイ〉
寺わらしだった沼わらしの　声がしました
沼わらしだった　寺わらしの声
少年の声もしました

〈お時さん　逢わせて　助ケテクダサイ〉

瞳の湖の堰が切れ　溢れてくるものが
お時さんの金色に輝くネックレスを伝って　胸元を濡らし
流れ落ちました

8

　助けてください　助けて！
夜明けに　自分の声で跳ね起き
夢を見て刹那に夢を忘れ　呟く
〈涙なんか流し　どうしたのだろう　眠い　あと三十分〉
それから
赤牡丹の木に　蝙蝠傘の雨よけをすることを思いだし
寝間の窓をひらく
見上げる欄間に　菊地隆三さん宅で撮った高村光太郎の
　彫刻
〈手〉の写真が重くかかり　眩しくて
眼をそらす

じっと手をみる
（悪癖も記憶する掌だ）
汗でぎらぎらする手を　洗う
味噌汁の香りがし　洗濯機のモーターの唸りにまじって
野菜を刻む音がした
乾かされて刻まれ　味噌汁や漬物のなかの塩をもらって
会社に送り出される
鏡を見る
何という顔だ　熟さない嫌な顔　この顔では先祖代々の
　墓に
入れないな　放蕩息子さながらに
勘当された長男の顔
父が死に
後を追うように母が死んで
相続の放棄を宣言して二カ月　明日は
勤めを休んで相続放棄の法手続をしなければ……！
だらしないネクタイを
キューーッ
と

締めなおしてみる　これでは
先祖代々の墓に入れないな
　骨は　故郷の赤松林の土に帰り
　灰は　男鹿の海の泡で溶ければいい

9

〈もし身体にも魂にも属さない掟があるなら
わたしたちの交りには
魂も身体も不用です〉[*2]
同時代に生き　数度だけの
で逢いなのに
　で逢いは　すばらしい
おときさんは　斎藤隆さんの手に
〝しらぎぬ〟の手を　そっと
重ねた
画家の眼は
虚ろに深夜のまちに沈み
おときさんの瞳が闇に光った
五月の霧雨が舗道を濡らし　まち中が

濡れた

《もう　これっきりですか？》

海へ行く微風が山鳴りを運び
海からきた微風が　海鳴りを聞かせた
塩田平の後ろ
独鈷山の嶺に白雲が流れて　そちらの方からも
杏に似た香りが匂った

＊1　「男鹿だより」一九七八年八月・秋田文化出版社刊より引用
＊2　現代詩文庫・鮎川信夫詩集「あなたの死を超えて」より引用
＊《もうこれっきりですか？》は藤沢周平「海鳴り」文春文庫より引用

（『暁闇　自転車に乗って』一九九九年思潮社刊）

詩集〈人に生まれて〉から

人に生まれて――愛を教えて下さった方への頌歌

（あなたに出会う前の世の　遥か先は

蟻だったかも知れません　光りを求めて
砂穴から　きょろきょろと人界に顔を出す蟻

蜥蜴だったかも知れません　陽を浴びに
石塀の隙間から　ぴっくぴっくと地を這う蜥蜴

蚯蚓だったかも知れません　庭土の底の暗闇から
雨水を飲んで浮いてきて
光りを浴びて干涸びる蚯蚓

鴨だったかも知れません　食われ残りの
食われるが定めの鴨

（あなたに出会う前の世の　遥か先は
蟻・蜥蜴・蚯蚓・鴨　そのうちの
何れかだったに　違いありません
死にかわり　生きかわり　死にかわり
生きかわり………
いつも　悲痛をほほえみの慈愛にかえていらっしゃる
あなた様から
愛を教えて頂けるなんて　哀れと思し召してのことです
か
（死んだ後の世の　遥か先は
蟻になって生まれても　かまいません
せっせと働く蟻にでも
（いま此処に　人に生まれて

芽

居間に　午後五時の
鈍い光が射しこみ
爪先が　もうストーブに届きそうになったままの姿勢で
寝ころんでいる
陽は　まだ残っていて
（あなたがおれば
かつてのあなたは　こちらの頭に
爪先をつけて眠っている　庭隅に
明け方の雪があって　そこの
牡丹の老木に陽があたり
花芽が光を集めている
うっすら　つぼみ

（あなたがおれば
此処にいるあなた　いないあなた
芽が霞んで

祝福

女の子が生まれた
おめでとう
お父さんに会えて　よかったね
おめでとう　お母さん
　（でもね
旗振るほど　めでたいの
列つくるほど　めでたいの
　わたしたち　知っている
旗の列で
戦場に送られた　兵士たち
旗の影の影
もう会えないかも知れない子を送る
母の涙　知っている
　一ツ振レバ　影　二ツ
　二ツ振レバ　影　四ツ
　三ツ振レバ　影　六ツ
　四ツ振レバ　影　八ツ
　…………
　旗の波はもう　いや
　行列もいや
　（でもね
女の子が生まれた
おめでとう
お母さんに会えてよかったね
おめでとう　お父さん

帰郷——夢で行く菜の花陰の糸魚見に

行くよ
湖だった水底

菜の花陰の糸魚
　水草や水藻を喰わえてきては　鳥のように
　　まるい巣をつくる糸魚

棘もつ糸魚
小さな　糸魚
　　（水底で　生まれたものどうし
糸魚
いとよ

　　（あれは　夢？
　　（あれは　幻？

いとよ
糸魚

老いのはての　邪まな心というのなら
眼を灼いて下さっても　かまいません
人生 the end の帰郷成就のために

助けてくださいませんか　神さま
どうか

水底の　いとよ
菜の花陰の糸魚

　　（あれは　幻？
　　（あれは　夢？

行くよ
汚れ背広に継ぎ接ぎシャツ　よれよれネクタイ
ゴム長履いて
老いた羊の背に乗って
進め　進め
柳の小枝　鞭かざし

行くよ
　　（水底で生まれたから　行くよ
夢でも行くよ

糸魚
いとよ

＊長谷川龍生「いとよ」より引用がある

天使

　生きるの　もう少し
目ざめに　遺影の肖像になった詩人に
じっと見られ
写真になった詩人が　側でほほえんで
目ざめの前の眼にうつる　一緒に川を渡って下さってい
　る方は
どなた？
　（誰もいないのに　誰かがいる）

帰りの道を見失ったとき
　こちらへね
指さして下さったのは
どなた？
（誰かがいる　誰もいないのに）

出会っていたのですね
遥か以前　かつて死んだその前に

死の先でも　会えますか
　もう少し生きるの
目ざめの後に　声がして

オダマキ

朝の
カラス除けの風船の下には　もう
たくさんの燃やせるゴミの袋が集まっている

「これあげるわ」
ふいに声がして　振りむく
根つきのままの　オダマキ二本を手に真向かいのオバア
　サンが近づいてくる
（みごとな青紫色　欲しがってたの　どうして知ったか
　しら）
あれこれ詮索する間もなくて
「ありがとう　ありがとう」をくりかえすだけだった
こちらは　五分五分のオジイサンで

この辺は　秋田市楢山南中町七番だけれど
楢山十軒町という昔の地名が　まだまだ生きているとこ
　ろだ
（疎開道路とも呼ばれていたし）
旭川と太平川の合流する辺りにほど近い　秋田の南寄り
町の端あたり　葦原を背に　松が疎ら　家十軒
そんなところから　名づいたかも知れない
この町に移ってきたとき
「人情あふれるいい所ですよ」といって下さった善之助
　さんは
とっくに
亡くなっていて
向こう三軒両隣り
十軒町は十五軒ほどにふえ　代がわりしつつあるけれど
週に一度の
カラス除けの風船の辺りには
ほほえみがある
月に二度の
回覧板でのお知らせもあって

善之助さんがいった人情が　いまだに街を流れている
こちらときたら
九月十五日の町内のお稲荷さんの祭りに顔を出すだけで
ちょこん
と
花茣蓙にすわり
お茶をいただいて　鶴の子餅を頂戴すれば早々退散だか
　ら

なさけなくおもっている　毎年おもっているが
鉢で
下向きに咲いているオダマキ
うつむき　伏せ目のイトクリソウ
　　しずかごぜん
　　　　しずかごぜん
　　しずかごぜん
いとくりの　しずかごぜんが揺れている

近頃は
ヨーロッパ種のオダマキも出回って
紅色や
紅白だの様々な色を競っているみたいだけれど
大振りで派手に決まっているよ　みんな
真向かいのオバアサンへのお返しは
何がいいかしら

アヤメを掘ろう
オダマキそっくりの青紫色
慎重に掘ろう
慎重に

高鳥の岬

（高鳥の巌めぐり澄ます空の秋）
大正四年八月・大須賀乙字は　八郎潟岸に建つ船越小学
　校作法室で
地元の旦那衆と句会を開いた後　男鹿半島をめぐり
高鳥の句を詠んだ

高鳥とは何だった？
鶚（みさご）か鷹か
おそろしい断崖から舞いあがり
舞いおりたところは　何処？
赤い巌の連なりか

（鷹の墓うかつにも太陽に真向かう）＊
「半夷」という詩誌を編集した詩人が句を詠んだところ
も
この辺りだったか
夷（えびす）びとのような詩人だったのに　早死にして
とうに　この世にはいない

三年前の秋
東京の詩人が断崖に連なる草原を駆けていって
不意に視界から消え　随分心配したけれど
高鳥が二羽　三羽
巌場から舞いあがり　澄みきった空をゆっくり飛んでい
たな

（………ことばに疲れ、ことばでできあがった人間は、
こうして自然という言葉のない世界によって癒される。
男鹿半島の風景は「大きな沈黙」そのものだった
………）と
その年の新聞にかいたが　いま時分
東京を羽ばたいているか
幻みたいだ
高鳥は今日も飛んでいるか
舞いおり　舞いあがり
幻の羽音を聞かせているか

＊柴田正夫句集『男鹿の鷹』

芥子種ノ祈リ

祈リマス
祈リニイキマス

米中枢同時テロで
死の国へ送られた夥しい数の　わたしたちのはらから
（悲しい　という言葉だけでは言い表わせない　悲しさ
です）

報復で恐ろしい爆弾を浴びた　アフガンの民も
わたしたちのはらから
死の国の死者の列に並んだ大勢の　無辜の民
（悲しいという言葉は　もう死にました）

どうか　タリバンの兵士を許したように
テロリストを捕えても殺さないでください
生かしてください　罪の許しを請わせてください
罪は償わなければならないものなのですから
殺さないで！
同じ天の梢と地の根を持っていて
枝葉だけが異なる兄弟どうしなのですから
人間という種を持つ　はらからなのですから　なおさら

わたしたち
トウキョウ大空襲を知っている　民
ナガサキ・ヒロシマの原爆を知っている　民
終戦前夜
アキタ・ツチザキ空襲を　遠くから見ただけで茫然自失
したわたし
明け方　多くの死者を背負ったという
今は亡き健気な友のためにも

祈リマス
祈リニイキマス
教会ヘイキマス
アフガンノ子ラ　円ラナ瞳　イツマデモ
芥子種ホドノ祈リデス
小サナ　小サナ

萌黄色の芽が

小さな庭の隅にも三月がきていて
炭俵や筵で囲った木の　その部分にだけ
土が懐かしい匂いで出ている
（雪消えはもう間近　だんだんに暖かくなる！）
軒下に置いた瓶ビールの木箱のなかから

恵子さんから頂いたカエデの苗木鉢と
司祭館の後庭から密かに折った青いアジサイのさし木鉢
　を取り出し
日溜まりに置く

（見て！
　わたしを　見て！）

難聴の右耳に囁きが聞こえる
近視の眼にも萌黄色の芽が見える
三十種の百合鉢の在り処を忘れ
赤玉土・腐葉土・油粕・鶏糞・化成肥料の混ぜ合わせに
心血を注いだ十月を
忘れた

（見て！
　わたしを　見て！）

萌黄色の芽が
一〇五ミリ・二〇〇ミリ・三〇〇ミリのレンズで
拡大されたみたいに迫ってくる

眼から体のなかに入り
若葉が萌えたつ
（カエデ・アジサイが　さ緑に）
徐々にアジサイが開く
頭脳のところどころに青空をつくって

聖霊　きてください

　聖霊　きてください

寛永元年七月十八日の河合喜右衛門さん
十三歳のご子息　喜太郎さん
三十にんの方々
皆さんと一緒に　きてください
　われらを憐れみ給え　と

祈りつつ
久保田*の奉行所附近の牢から　内町をひきまわされ
改修されて　今は旭川と呼ばれている仁別川のちかくを
　通り　外町へ

そのとき　草鞋を履いていましたか
裸足でしたか
朝から
炎天だったのですね

（なんぼが　あつがたしべ
おいだば　いのらねで　ごめしてけれ　ごめし
　てけれって
なぎさげぶなだ）

聖霊　きてください

三十二にんの皆さんと一緒に　きてください

きのう　あなた方がひきまわされた寛永の石ころ道を
歩きました
柳並木の舗道です
お祈りもしないで　佇みました
川の流れに逆らい　真鯉がバチャバチャ跳ねていました
そのときも真鯉が跳ねていましたか

聖霊　きてください

平成十一年七月十八日の今　きてください
朝方から灼けつく暑さです
「久保田より三里距(へだ)てるヤナイの地」と記録されている
　外町のはるか外れ
谷内佐渡の刑場へ引かれていった道筋を歩くだけで　も
う
汗だくです

（おいだば　ひあぶりの　まぎこさ　ひつぐめえ
　がら

なぎさげび
　しぬめえがら　しでるなだ）

　　聖霊　きてください
寛永元年七月十八日の喜右衛門さん
喜太郎さん
三十にんの方々
皆さんと一緒に　きてください

ただ祈るだけで
今日　何もしませんでした　たったひとりの人のために
さえ
何もしてあげませんでした
　　聖霊　きてください
寛永元年七月十八日の天から　降りて
今　直ぐ
光の矢で　さしつらぬいてください
　　聖霊　きてください

＊久保田　現在の秋田市
参考　武藤鉄城著『秋田キリシタン史』

順三さんのドロップ

＊

「わがいのちを舐める詩」と後記した順三さんの
夜のドロップを一度読み
「枕頭台からドロップ缶を取り出す。」で始まる　二度目
の
夜のドロップです
ドロップは
メイジですか
モリナガですか

モリナガドロップ　メイジドロップ
ドロップ
ドロップ
　決して囓るな
　舐めて　舐めて
　粒になるまで舐めつくせ
粒になったドロップは
少年だった順三さんのところに　もう辿りつきましたか
恐ろしく遠いところ
いのちと呼ぶところの源のあたりで　一緒になっていま
　すか

**

春の終わりの夏の初め
枝いっぱいに花をつける
雑な木と言うな
コミュニティをつくって花の山となる
　秋田ではガザ、ガンザ、イワシバナ
五月にいただいた順三さんの色紙

（男鹿の春は遅く　ガンザの花と一緒にくるのよ　と隆
　子さんもおっしゃっていたな）*
ガンザの花が咲くころ離れて帰らず
いまだ帰れずにいる故郷　男鹿をくださった順三さん
ありがとう
ガンザの花を満身にうけた気分でした

***

一度だけ　お訪ねしたときの
順三さんの庭
秋海棠が　うすい紅をつけて見事でした
　水彩の
　淡紅色の花が浮かんでいる
　いくつも、いくつも
　悔いとも恥ともつかぬ思いが滲んで　と
　こちらでかいた順三さん
あちらでは　おからだを秋海棠の高さにして横たわり
うす紅を目いっぱい入れていますか
いつでも　そうしていますか

甘酸っぱい順三さんのドロップ
順三さんを
瞼いっぱいにあつめて　ドロップを舐めます
眠りにおちる前の粒々
ドロップ
順三さんのドロップ

＊沢木隆子　平成五年一月逝去

小春の庭

庭木の大方を炭俵や筵で囲んで
荒縄やビニールロープで結び
小半日で終えた冬囲いの庭ごし
隣家の赤錆びたトタン屋根を見ている
先だってまで寝ころがっていた隣家の老猫は
ついに姿を見せない
ここに引っ越してきたときもいたから
三代目か四代目か
慈しみ育てたおばあさんは　とうに
亡くなっていて

見ている部屋のハンガーに
水玉模様の青いネクタイがだらしなく下がっている
父でない父が　娘でない娘からいただいた
父の日の贈物で　有頂天の
あの頃はよかった
過ぎてみればあれが黄金時代
季に喩えればきみが初夏でこちらは初秋
声を聞けなくなったのは数年前のことなのに
ずいぶん経ったような気がする

眼を転じ
逸らす感傷のさきに
小枝を縄で括ったドウダンとカエデの残り葉が

儚く交叉(こうさ)している
ヤマユリの茎の枯れはてが見える
宿根の思想が直立し　震えている
震える

トキコさんの涙

頬濡らす涙一筋聖母月

深夜の
川反四丁目小路
東京の有名な洋菓子店と同じ名のコロンバン
エレクトーンのあるスナック
トキコさんはいつも真打ちで
カトウトキコの唄う〈百万本のバラ〉を熱唱した
ヤマガタさん　ノブヤスさん　カズミさん　タマコさん
素敵な仲間がいて

＊

去年のいま時分
あのときもそうだった
トキコさんは最後に〈百万本のバラ〉を熱唱した
かなり酔っていた
（こちらは素面だったけど　ここの雰囲気にも酔ったし
　唄になお酔った）
「求婚されてね　どんなに好きで　どんなに愛しあって
　も
遠くにいるってこと　どうにもならないの　つらいわ」
カウンターに伏して泣いた　トキコさん
「わかる　わかる　遠いってこと」
こちらは音信の途絶えがちな　ひとを　おもったし
トキコさんの涙がうつり
切なくて　そっと頬をよせた
そのときに　トキコさんの髪の匂いを知った
ヤマガタさん　ノブヤスさん　カズミさん　タマコさん

それに　ケイコさん
素敵な仲間がいて

＊

あれから一年
恋情の名残みたいな小さな燠火が残っていたのか
最近になって　そのひととの音信がどうやら復活しそう
　で
いままでよりもいい愛を　ずっと保てそうな気がする
どなたさまからかはわからないけれど　いただいた恩寵
　なのだろうか
トキコさんの方はどうなったのか　その後のことは聞い
　ていない
吉？　凶？
堂々たる熱唱はまだ続いている
（多分　吉だ）
「代行車が待っているよ」
ヤマガタさんの声がする
トキコさんのだ
午前零時を過ぎ　聖母月が過ぎた
（こちらのことはまだ　トキコさんに言っていない）

涙のマリー

　（やさしく撫でるように　ね
師のことばを反芻し
撒水器の把っ手を握っている
マリーゴールドが揺れる
ひときわ　目立って揺れるのは背高のっぽの
マリーゴールド・アフリカンだ
　（マリーゴールドってマリヤ様のお花？
近よってくるのは
いつも神様のお側にいらっしゃるみたいな方
マリーさん
　（朝ミサの先唱なのかしら
思いこみって　コメディみたいだけれど

もはや　否定している
不意に　あちらにもいらっしゃるマリーさんを案じ
西の空に眼をやる

お告げの鐘の方角のマリーさん
小柄だけどマリーさんにそっくりなお体
ひとまわり半ほど歳下の　あちらのマリーさん
職場の朝掃除の頃かしら　いまごろは
涙っぽい兎の眼をして　くるくると
朝の祈りの　手繰るロザリオと同じだよ　きみのモップ

（涙って　どんな味？
食べたいほど好きだよ　マリー
甘ったるいコメディみたいだってこと
充分に　わかっているけどね
もう少しでお告げの鐘が鳴る時分だ
早く水やりを終えねば……
（撫でるようにやさしくしてね

乳頭

（乳頭って乳色のお湯のあるお山？
沖縄の詩人の暑い声を聞いた　あのときは雛の夜だっ
た？
募る情念をそちらへ　過去の方へ傾けるふりで
豊かな胸を覆っているカーディガンの緑に眼をやってい
る
先ほどまで朝もやが彼方のブナの森にかかっていたが
徐々に薄れ　消えて行く
（先達川は　あの辺りかしら
微かに瀬音が聞こえてくる
じっと　いつまでもじっと肩を寄せたままで
（一瞬が　永遠のように続けばいいけれど
不意に　ごうごうと滝の音
流れのままに　くちびると
くちびるの沢を越えれば　深い渕
（その一瞬のためなら　願う永遠さえ殺したいけれ
ど

ただただ　眼前のチチガシラ
乳頭のお山は見えない
何もかも鮮やかな緑

グンジ踏み挽歌――粟津號さんを偲んで

タニウツギ満開の男鹿半島沖で
倶子さんの手の平から　號さん[*1]が
　　波に乗った
潮焼け美男の船頭は號さんの同級生ですか？
優しい悪役俳優の手の平の號さんも
　　波に乗った

波に乗った號さんの背に　男鹿の山が
三羽の鳥影のように浮かんでいる
潮が　號さんの粒々
灰になった號さんを
上手く運んでくれるといいね

椿の沖から　鵜の崎を巡り
船川湾の生鼻岬沖から　八郎潟の方へ
光りの帯が動いて行くみたいだ
潟口の　水尾の辺りへ

＊

號さんになった祐教さんへ

水底からガスの出る潟岸で
腰まで漬かってにょろにょろの
グンジ踏み[*2]
「グンジを素足の指先に挟んで捕える遊び」に興じた
小学三年の冒険家
（足裏にごろごろの　シジミ捕りすればいいのに
男鹿・船越の
貴栄山円応寺十九世住職を継がず
俳優になった祐教さん
號さんという俳優を選んだ

祐教さん
潟の水に漬かった男だものな
　からから　からからと
　下駄っこの音　からから立てて
船越新町の氷水屋さん目ざし　駆けっこしたっけ
（きみが一番　こちらが二番で

*

祐教さんだった號さんへ

神代辰巳監督の「四畳半襖の裏張り」に出たきみ
シベリア出兵に召集された
東北出身の二等兵役
束の間のからみ
あのシーンは　もの凄くよかった
今も覚えているよ
おしろいを塗ったけものたちは　オクラ入りしたけれ
ど　台本の
二〇〇字詰一五五枚は大切に預かっているよ
きみと神代さんの共作だからね
ＮＨＫの朝ドラ「雲のじゅうたん」に出たのはその少し
　前だった？
「一条さゆり・濡れた欲情」や「白い指の戯れ」など
日活ロマンポルノの脇役でも熱演だった
きみの地ではないのに
俳優ってすごいね
何たって　カツシンの
座頭市シリーズに出たときの
十秒かそこらの荷車を引くシーンが　最高だった
あれは地だ　秋田・男鹿のグンジ踏みの足裏
確かなきみだ

*

ひとり舞台からは　主役に転じたけれど　何だか
駆け足している気がしてね
出稼ぎか帰郷のホームで
酔の果て線路に沈み　轢死した

秋田県由利郡鳥海村・佐藤叶になりきった
「上野駅14番線」はよかった
（笑って泣いて　泣いて笑った
そのときすでに五十歳の晩年だったのか

鳥海山の麓
鳥海村から鳥海町となった　佐藤叶の里での公演の縁で
三船敏郎の生家を訪ねてから
「三船敏郎外伝——わたしのトシローさん」を男鹿市文
　化会館で演じた
一九九八年十月三十日夜
敏郎には全く似ていなかったけれど　もの凄い声だった
あのとき　すでに死の影が背に張りついていたのだな

*

一九九九年九月・男鹿市立船越小学校でお話と劇

「胃癌に巣喰われ、胃を全部摘出する手術を六月四日に行いました。九月の学校訪問が復帰のイベントとなります。……当日は〝俳優の仕事〟と題し、ひとり芝居「上野駅14番線」の着想から取材、そして上演までを交えて報告します。〝自分で創り出すことの大切さ〟を熱く語り伝えたいです。」船越小学校の皆さんへの手紙　粟津號[*3]

「船越小学校へ来てくださってありがとうございました。ほしいものがあるなら自分でつくろう、の言葉が心にしみました。」六年西村達樹

「ぼくはむねを手術しました……三年間もそこにいたら体に管がついていました。六才のころです。粟津さんの手術のあとをみて、どうしてもうそんな大きな声でしゃべれるのかなぁと思いました。……はやく手術のあとが消えればいいですね。」六年竹　太田未来帆

「あわづさん、おはなしやげきをみせてくれてありがとう。おなかをみせてくれてありがとう。」一ねん　こなかあい

*

號さんだった祐教さんへ

　　ギヨギヨシ　ギヨギヨシ
ヨシキリがけたたましく鳴いている
カルガモやマガモも鳴き寄ってきて
びゅっ　びゅっ　風が鳴っている
潟っ風だ
倶子さんの掌に乗った號さんが　男鹿半島沖から
　　波に乗り
　　潮に運ばれ
潟に着いたって　合図みたいだ
潟の微粒子になった號さん
(また　グンジ踏みしている?
葦原から鴨が二羽寄って行くよ　そこに

此処からは
船越小学校が　よく見えるでしょう
歓声が聞こえてくるみたいだ
(運動会かな
達樹くんや未来帆くんは　中学生になっていないけれど
キラリ　光っているのは五年生になった　こなかあいさ
んの
白鉢巻かしら
あいさんの胸やおなかにも　きみが
生きつづければいいね

　　號さんだった祐教さん
　　　元気でね
此処で

*1 粟津號　二〇〇〇年三月歿
*2 グンジ　真ハゼの地方語
*3 「俳優(わざおぎ)が行く」より引用がある

(『人に生まれて』二〇一〇年思潮社刊)

散文

父のことなど

昭和五十四年十月、父の死を契機に詩集『家系』を詩書専門出版社である東京の「思潮社」から自費出版した。おそい処女詩集というわけであるが、その資金も十分でなかったし、また満足できる詩が揃わなかったためでもある。

結婚。父の家に同居。別居。同居をくりかえし、昭和五十年に義絶の形で父の家を出、以後音信すらない父と子であったが、三年半ぶりの対面は、無残にも父の死によってである。

秋田市の病院での臨終の父の顔はちいさくなっていた。その日、通夜にも出られず、一夜ねむれぬままに、「冬の雨」と題して詩をかいた。

十二月は雨ばかりだ
雪は
いちどだけ積もり消えた
その晴れ間
昼下がり
父は死んだ
〈死〉へ
ひどく急いで

三年半ぶりの
子と父の対面だった

父から
土の匂いがした
好きな蔬菜畠と
〈死〉の臭いが少し
〈死〉は連れていった
土に
子にもっとも近く
おそろしく遠い所

（以下略）

父には、教員時代「栗」「毬栗」というニックネームがある。気性がはげしく、内に外にきびしかったが、終戦後の貧しい時代に、男鹿市船越にちいさな松林を所有していた。のちに売却。父の死後、子に均等分配されて遺贈になった。最初は、父の供養のために仏壇購入を考えたが、妻に詩集出版をすすめられ、上梓を決意したわけである。

詩集におさめた詩は、そのほとんどが、詩誌「序」、詩誌「舫（もやい）」に発表したものである。詩を一時中断していた時期に、詩人沢木隆子さんより励ましをうけたことが、詩へのおおきな活力となっている。詩友斎藤勇一さん、詩人布施常彦さん（大内町出身・東京都住）の手を煩わせて出版の運びとなったわけであるが、そのさい、ちゅうちょなく詩集の最後に、「冬の雨」をいれ、締めた。父へのお詫びと鎮魂をこめて。

詩の一行、一篇、一冊は、ぼくのものであるが、父や友人たちによっても存在することを、痛烈に知らされたわけである。生かされているという気がしてならないのである。「生」について考えれば考えるほど、ぼく自身生きているが、同時に生かされているという思いがして。

詩人の谷川俊太郎さんに、「世界へ」というエッセイがある。

生かす
六月の百合の花が私を生かす
死んだ魚が生かす
雨に濡れた仔犬が
その日の夕焼が私を生かす
生かす
忘れられぬ記憶が生かす
死神が私を生かす
生かす
ふとふりむいた一つの顔が私を生かす
……

——そして私は同時に、この数行の詩句がいつか、どこかで、一人を生かすことを願っている。（以下略）

いかにも谷川俊太郎さんらしく、豊かでシャープな思考である。しかも、このエッセイは、昭和三十一年発表（ユリイカ・十月号）であることに、驚く。ぼくの場合、五十歳になったいま、生きているが、生かされてもいることを、ようやく実感したわけである。人間は「自然」をはなれて生きることはできない。「自然」のなかで生き、生かされ、日日、日常でも生かし、生かされる「ふれあい」に、人間の営為について思いを巡らす、今日このごろである。

（初出誌不明、一九八〇年頃）

秋田の詩人

――沢木隆子・押切順三・畠山義郎・小坂太郎と秋田の詩の現在

菩薩の叙情と地母神の詩魂　沢木隆子

秋田の現代詩の発展にとって、沢木隆子が戦後帰郷し、そこに土着した意味は大きい。戦後の出発にあたって、沢木だけがすでに自分の方法を確立し、全国的に名を知られたほとんど唯一の詩人であったといえる。

南秋田郡船川港町（現男鹿市）の町を二分した一方の大地主の四女に生まれた（一九〇七）。県立秋田高女卒業後、東京の千代田女学を経て東洋大学に入学。後、判事坂崎成昌と結婚（三二）、広島をふり出しに十年間任地を移住し、四六年に帰郷する。県立船川水産高校国語科専任講師を勤める（五二～六二）。

この間、「日本詩人」で推薦され「詩の家」に入会、佐藤惣之助に師事し、処女詩集『ＲＯＭ』を上梓。知的リリシズムを大きく評価された。次いで『石の頬』（三六）を発刊。

深尾須磨子を会長とする「全日本女詩人協会」に参加、独自な叙情性がさらに磨かれ豊かさを増した。初期の代表作「雪」などが、日本現代詩大系（五一・河出書房）に収録。

戦後秋田での活動は、詩誌「ハンイ」（五二）および詩と随想誌「序」（五六）を編集発行、リーダー的存在となり、沢木詩のひとつの頂点となる名詩集『迂魚の池』（五八）出版へと展開した。大江満雄は「初期のころから近代文学と古典文学の両極をつなげたものを感じさす詩人だ。漁民の不幸をうたった詩などを読むと今もなお、初期のものを失わず、彼女らしく社会的視野を自律的にひろげ、多極・多次元性をしめし、個人特有のロマン的風情の確立につとめている」と評した。

以後、活潑な詩作のなかで、七〇年、県の現代女性詩特集ともいうべき「秋田詩花」を編集発行、また詩と版画集『漁村の短冊』を版画家大島郁太郎氏とともに出版、この年、秋田県文化功労賞として表彰されている。

七二年、新しく「舫（もやい）」を出し、男鹿をうたった県内外詩人によるアンソロジイ「男鹿叙情詩選」を編み解説し、反響をあびた。七四年五月、男鹿の海を見おろす景勝の地に詩碑が建立され、詩「杉」を流麗な自筆で刻む。

この大きなイベントは、詩人の想像力と推論が男鹿の鬼をひき出したともいえる画期的随筆集『男鹿物語』（七六）への引き金となったようだ。をがさべりの風土に向けられた視座は、詩的慈眼でもあろう。男鹿の海を深く視つめ、古代の息吹きを浴び、風土の奥処にある声を聴く詩人は、写真と詩「交響男鹿」の編集に情熱を燃やす（七七）。

つねに飛翔し停帯をしらぬ創造性は、八一年『三角幻想』の誕生となり、リリックが内部に沈潜深化して、思索の透明度と溶けあい燻し銀の光彩を放つ。安西均は、詩「時」について、清冽な時間についての叙情的な認識を、精神の若さを高く評価している。

華麗でモダンな叙情を原点としつつも、風土の現実との葛藤のなかから、しだいに個的神話的な土着の詩的世界の新境地を開く。

八八年、『風の聲』を上梓、「詩の底のすごみ」と評される。いみじくも表紙の女人菩薩が象徴する、永遠に清純で優雅で気品ある叙情は詩「花の命」「妖花」などに代表される。また、北の風土に培われた民俗・伝説・民話など、民族の魂の源泉に詩想をはせるとき、地母神の相を持つ。詩人の光と闇の内部世界を吹きぬける風のひびきを聴くプロフィルは、男鹿の海のように艶にしてきびしい。

寡黙・重厚な現実の遊撃手　押切順三

秋田の現代詩のもう一方の流れ、社会派リアリズムの分野を切り開いてきたのが、詩誌「処女地帯」の編集発行者押切順三である。

雄勝郡雄勝町の地主の息子に生まれ（一九一八）、県立横手中学に入学（三一）、卒業後東京の産業組合学校を経て、産業組合秋田支会に勤務（三七）、四〇年補充兵として臨時召集、二年後再び応召され中国山西省へ。四六年復員復職、七六年退職まで県厚生連を中心に農協勤務、農村医学会の事務局長も兼務、農村医療組合運動の草分けの一人である。

戦前すでに農民詩人北本哲三・故稲村容作（第一次処女地帯）、鍵山博史（記録）らとの接触を通して、民衆の立場にたった思想に共感していた。戦後、北本とともに「処女地帯」を復刊（五〇）、同年、これも一緒に参加した第二次「コスモス」と二誌を拠点に現在まで詩を発表してきた。

北本とのコンビから、土の中から生まれた新鮮なアンソロジイ『北方の種子』（五三）の出版、それに次ぐ『農民詩集』（五五）は、全国的な注目を浴びた。

詩「おみなえし」は、「山上部落」とともに初期の代表作で無名詩集『祖国の砂』（五二）に収められている。小野十三郎の風景詩的手法にみられるような、即物的な描写、それも平面的に描くのではなく、事物をたたきこみ、立体的に形象を刻みこんでいる。日本の農民詩の高い達成をしめすものとして、『日本の名詩』（小海永二編）に収録された作品である。「山上部落」はまた、後に押切詩の優れた詩脈となる「反戦詩」の出発点をしめすものである。

　最初の詩集『大監獄』（六三）、ついで『斜坑』（六八）を刊行。あとがきで秋山清は、「現実をして語らしめる、という地道な詩の方法に何かを加えつつその先を行こうとしている。写実と見えてもいわゆる風景詩ではなく、時間的な凝集力があって、彼の重い詩風がそこに生まれている」と評価している。

　ここには、戦争のニヒルな哀しみと怒りを描いた名作「斜めに日が」も収められている。

　七一年、『沈丁花』を発刊。そして七七年に、これまでの押切詩の集大成である『全詩集』が出され、その全容がしめされている。

　詩「無人の村」は、戦争末期、県北の花岡鉱山で起った中国人労働者の虐殺事件を扱ったもの。主観をひた隠した方法だが、その中に時間がとりこんであり、一つの事件の歴史性が実証される。寡黙は記録性のなかの鋭い告発、ぎりぎりまで凝縮された沈黙ゆえに、その形象は強い衝撃をもたらさずにはいない。

　また「重たい草」は、機械化時代に入る前の重農主義の滅亡、つねに底辺の構造のもとに社会を支えてきた農民の宿命、草（自然）の重みで野の花のなかに土へ還っていく老農婦の霊魂など、簡潔なイメージのなかに象徴されたものが重層化されて迫ってくる。

　集中、どの作品をみても隙のないカッティング、淡々とした筆致であるが重い批評性（思想性）のために、版画のようにモチーフが陰影ぶかく浮き彫りにされて鋭い。

　うたわず、言葉を抑制する、ニヒルまでに現実を凝視し描写する。そのとき、長い間生理のなかで醸成されて映像となった詩想が塗りこめられるのである。この詩集には、日本農民文学賞、県芸術選奨があたえられた。

　押切は、自らプロレタリア詩人を自覚しつつも、大衆のため、イデオロギイを証明するためには書かず、自分のために書くという。

　独立した自由人としてでなければ詩は生まれぬと、気宇高くリアリズムの大道を洪笑しつつ、闊歩することを夢みる風である。

自然と人間の営為の原点を探る　畠山義郎

雪国秋田の出羽山地と米代川流域をかかえこむ領土、北秋田郡合川町に土着するむらの頭目が畠山義郎である。

一九二四年同地に生まれ、父や兄を早く失なう薄幸の少年期を送るが、同五一年、二六歳にして下大野村長、つづいて五五年より、合併後の合川町長と通算十期目を迎える。

詩歴は古く、戦中十代の結核闘病時代、「詩叢」を主宰（四二）、北園克衛の「新詩論」に加入し詩作を始める。四四年現役兵として入隊、敗戦復員後、「詩と詩人」（浅井十三郎）に参加、柴田正夫らと「奥羽詩人」をおこす。沢木隆子・柴田らと秋田の戦後詩を代表する詩誌「ハンイ」を五二年に結成す。

その自然消滅後、奥山潤と組んで「密造者」（六五）を創刊するが、六号で奥山が病気のため休刊、第二次から亀谷健樹を編集人として再刊、後に加わった「海流」（八四）とともに、作品発表の主なる舞台としてきた。

詩集は『別離と愛と』（四六）、自ら〝家とそれにまつわる自己を葬送破壊する〟詩集とうたった『晩秋初冬』（四八）。続く『雪の模様』（六八）は、雪国の農山村に生れて、悪夢のような太平洋戦争をくぐりぬけた著者の生存の証しであり、その風土に埋没してゆくひとりの人間の鎮魂歌である。

集中「領土そのI」は、農山村の近代化に対する農民の自己擁護の姿勢と、権力による農山村破壊の冷酷な罪状に、羽を射ぬかれた一羽を囲んだ黒の部族（群鴉）の大合唱をもって挑戦した寓意性豊かな問題作である。

一貫した詩風は、饒舌と惰性的なリズムを排し、対象に密着するリアリズムを拒み、簡潔で鋭利な映像によって象徴性を深めている。

詩集『日没、蹄が燃える』（七七）で、作者の詩的風貌は、農の近代化の俘因となることに抗する孤影の濃い蝦夷の智将に似てくる。

表題作や「出稼ぎの神話」「県境にて」「飢餓」などには、支配される北国の宿命的な風土性と、重い精神史を背負った戦中派の孤絶の心象風景が溶けあっているようだ。

詩人畠山は、また卓抜な政治工作者である。その行動と思索の軌跡は、随想集『地平のこころ』上下（八〇）『孤立のこころ』正続（八四）『町長日記』（八六）に刻まれている。

実践具現の人としての両足が地域に根をおろすにつれ、詩的昇華を求める孤高の魂の漂泊が深まってゆくように見えてならない。

この詩集には、以前より流れる内なる自然の凝縮された詩的イメージの形象化が濃い。永遠・時間・存在という観念世界への傾斜よりも、自然の思想化＝始源的な人間の本然性の追求に心がむけられているように思われる。

八七年、詩集『赫い日輪』（県芸術選奨）を出版。赫い日輪とは何か。優れた解説者三好豊一郎はいう。それは「作者の感懐の象徴といえる。作者の人間営為の歴史に対する感懐が、赫い日輪というイメージの底にある。」「赫い日輪そのI」は、にぶく遠い落日のなかに回帰する、赫赫と燃えるエネルギーの所在を確信している。この確信は、彼の詩的詠嘆の発条が、人間の営為への考察と祈りに基くことを示していよう。

詩人の心はいつも故郷の山の森林と真向っている。自然と人間の営為の原点をそこに自覚する。「眼の寓話」の、

〝森林の心は／正法眼蔵「山水経」の冒頭の／「而今の山水は古佛の道現成なり」に簡明だが／道元も一言にしぼると／湯川中間子の切手に似る／私だって判ると思う／こんなふうに生きているのは／あたりまえのことだ〟

赫い日輪を象徴とする心はここにあろう。と、三好豊一郎は書いている。

北の風土の透視と情念の形象化　小坂太郎

かつてその著書（一九七〇）で松永伍一は、秋田の処女地帯を中心とするリアリズムの伝統のなかで、もっとも「意欲的であり前進的であり、かつ実験的なものを示しつづける」詩人として、小坂太郎の名をあげている。

一九二八年、雄勝郡羽後町生まれ、旧制横手中学四年は学徒動員、卒業した敗戦の年（四五）、代用教員となる。小学校長だった父が死去（五一）、家を継いで中学

校教員の道を歩み、郷土の各校に勤務しつつ現在にいたる。

五一年地域サークル誌「虹」発刊。五二年「処女地帯」に参加。詩誌「第三群」刊行（五七）後発展解消し、秋田教師の文学活動誌「文学の村」を出す（六六―八五）。その間「地殻」（九州・五九）、「潮流詩派」（東京・六二）、第四次「コスモス」（東京・七二）などに所属。現在は「海流」（八四）、「処女地帯」、および地域文芸誌「雪国」（五八・結成）などに詩やエッセイを発表している。

第一詩集は『北方の眼』（六〇）、続く『北方家族』（六四）は、「村が拡大され、それが日本に置き換えられ、さらに作者の視線が逆転し、村そのものの新しい意味へふたたび収斂する」詩集と松永伍一が解説した。

詩「きのこ山」は、含蓄をもつ現代的イメージで、南方型と方法的にはもっとも対照的な北方的特色を持ち、単色で叙事性や思想表現が濃い。ここで出口は自然のエネルギーとしてだけ捉えられず、現在の閉ざされた状況からの脱出口としても意味をもっている。

詩集『北方伝説』（六九）の表題作について真壁仁は、「物たちが物としての生活を始める異様な情況。不要な照明や音楽を人間疎外の手口そのまま遠隔操作している見えない手を、読むものにたぐりださせる」と解説。また『北の儀式』（七三）は、北の地域に底深く生きる刃のような叙情と、雪の結晶の鋭いエスプリ、強靱な批評精神が評価されて、第七回小熊秀雄賞（七四）を受けた詩集。

次の詩集『北囚』（七六）の「雪国の馬」は、馬が象徴するみちのくの村と人の系図をドラマ化した詩で『現代の名詩』（小海永二編）にも収められた秀作。南方の官能的・審美的である叙情に比し、東北の雪深い風土は人々を内部に閉ざし、そこから強く倫理的な叙情を生んできた。啄木も賢治も、芸術と倫理とが密接に統一されている。小坂の詩はまぎれもなくこの伝統の上に息づいてきている。

『北の鷹匠』（八六・県芸術選奨）は、透明硬質な土着の情念と、伝統とアクチュアルな視点の重層によるリアリズムの独自な詩境をつくり上げた詩集である。なかでも「羽後真坂峠」は、風土の底に広がる歴史と自然と人間の織りなす叙事詩的構成が圧巻である。

　また「とても食えない詩」など、戦争体験に根ざす鋭く豊かな風刺性に富んだ詩や、「臀とりうた」や「聖門」などの大地から生まれた屈託のない土俗のエロス、秋田方言の駆使による土着のリリシズム等、小坂の詩的振幅は広い。

　浜田知章は、「北方の空と土地から、苛酷な生の営みから発する慟哭が聴こえてくる。彼は〝北方〟という交響詩を未完成な形で（完結は詩人にはないが）読者に呈示した。過去と現代のコレスポンデンスともいうべき告発を。賢治や真壁仁や黒田喜夫でもない、新しい、しかも鮮烈な現代詩を創出した」と、この詩集を高く評価している。また、真壁仁の野の教育・文化運動の影響を深く受けた彼には、農村文化や民衆詩の問題、子どもや主婦たちの詩に関する評論等の著作もある。

秋田の詩の現在

　秋田の詩の種子は、遠く大正後期のプロレタリア文芸運動の草創期に先駆的役割を果たした雑誌「種蒔く人」（土崎港・現秋田市）にさかのぼるが、一九三四年、秋田の農業青年北本哲三と故稲村容作らによって発刊され、北方農民詩運動の源流となった「処女地帯」が、その志を継いだといっても過言ではない。その「処女地帯」が五〇年五月、北本と押切順三によって復刊され（第二次）、藤田励治・吉田朗（ある日戦争がはじまった・八二）品川清美・ぬめひろし・小坂太郎らを擁し、若手では児玉堅悦（ぼくらは子どものころいつも走っていた、八三）が期待されつつ第三次の現在に至っている。

　これをリアリズム傾向の流れとすれば、もう一方のモダニズム傾向の流れは、五二年、沢木隆子・柴田正夫・畠山義郎らによって創刊された「ハンイ」、そして「序」（五六）に連なる系譜であろう。やがてその自然消滅後、この流れは沢木・米屋猛らの「舫」（七二）と、畠山・亀谷健樹らの「密造者」（六五）に分かれ活動がつづけられている。

　男鹿市の「舫」では成田隆平（あしたへ・八四）・泉谷連子・伊藤美智子・近藤彰などの実力派が、地道に詩作を進め、北秋の合川町「密造者」は、精力的な批評活動で定評のある亀谷健樹を中心に、間（はざま）紋太郎、磐城葦彦（大地の軌跡・八〇）・方言詩に意欲的な福司満、若いエネルギーの深町一夫が印象的であるが、第一次の編集者奥山潤（土器編年、四月再刊）が三月に逝去したのは惜しまれる。

八四年四月、「広く列島的な視点に立って詩と詩人の熱い交流を図りつつ、鋭い批評精神に支えられた芸術性の高い詩の創造」を標榜し、「海流」が創刊された。

処女地帯（社会派・列島系）＝小坂・小番績らと、ハンイ・序（主知派・荒地系）＝畠山・米屋（壊れた夢・八五）らの、ひとつのドッキングによる第三の新しい流れともみられている。主なる会員は前記のほか、ベテラン佐々木久春、耐える女の視座を完璧に表出させて全詩壇的に注目された牧野孝子（夢だんだら・八七）、円熟した工藤優子（工藤優子詩集・八六）、岡三沙子（アメリカの裏側では・八五）、中堅詩人の山形一至、嘱目される大型派長井陽、また旺盛な創作欲の船木末信・新谷正隆らである。

久しく待望された新人として、十一月『Alone together』を刊行した堀江沙オリは、「伸びのある表現で、したたかな創造性と叙情とテクニックの展開」と評され、同時に『卵のきもち』を発刊した若狭麻都佳は、「直截でいて行間から顔をのぞかせている、原罪と実存の深いさいなみに特徴」と評価された。

第三次が復刊した「日本海詩人」では、斎藤勇一（評論・詩人たちのいる風景・八一）とともに推進の支柱であるあゆかわのぼるが、『残照の河で』を六月に発刊。あゆかわ詩の深化を確実に示した力作、生の表出が迫ってきて切ない。同じく秋田市の草階俊雄の「ＡＲＳ」では、寺田和子の感性が光っている。

県内唯一の女性詩誌である「海図」は二〇〇号記念誌を発行した。坂本梅子（白い障子・白い花・八四）は沢木と並んで詩的山脈の頂点であり、時間賞のキャリアに輝く今川洋や、木内むめ子の力がきわめて大きい。「糧（かて）」の農民詩話会では、編集のぬめひろしの他、佐藤良三郎、佐々木秀雄、斉藤忠男、小沼千恵（私の峠・八六）、ほりかわいえ（道・八三）らが、エネルギッシュに土に根ざした詩を書いている。

北の詩都大館には、砂室圭の「十三時」、佐藤博信（生存の歌・八七）の「詩民族」、福士一男（歳月・八五）の「刻」などがあり、鷹巣町の成田豊人（いつでも夢を・八五）の「汎視群」とともに、一匹狼的な詩的個性を放っている。

県南の小坂・小番が編集する文芸誌「雪国」では、詩壇で田口恭雄（風の地図・八七）、十月に『噴水』を出版して叙情に資質を感じさせた藤原裕子、大きな詩的可能性を持ち注目されている北村瑠美らが活躍している。

十一月三日、秋田市大平に、北本の「健康なやつだけを」の詩碑が立ち、種蒔く人運動の火は、秋田詩の現在にスリップし燃え上ったかのようだ。又、合川町に立った畠山義郎の詩碑が特記される。


（『秋田の詩人』解説、一九八九年教育企画出版）

作品論・詩人論

聖地巡礼としての、秋田

吉田文憲

詩文庫の冒頭に置かれた「家系」（第一詩集の表題作でもあるが）、これは米屋氏の生涯の代表作であるばかりでなく、戦後詩を代表する名篇でもあろう。今回、詩文庫のゲラ、既刊六冊の詩集を通読して、改めて、そう思った。

まずは、この「家系」を、どう読むか。次に、各詩集に夥しく記されている秋田の地名、交友範囲の中にあると思われる人名、これをどう読むか。二度、三度と、詩文庫を読み返すうちに、米屋氏にとっての詩を書くこと、それは全体を通じて詩による聖地巡礼とでもいうべきものになっているのではないか、という強い想いが私にやってきた。命をつなぐ日々の営みの場である日常生活の時空間、そこで起こる出来事、そこで出会う人々は、そのまま詩人に心身の治癒、なにかしら深い詩的恵みをもたらしているのではないか。とりわけ第四詩集『祈りのレッスン』以降の詩では、生地男鹿（船越）と、その後就職し、結婚し、生活の拠点となる秋田は、しだいに氏の詩的聖地、あるいは聖地巡礼の場と化してゆくように思われる。地名、人名は、その恵みの媒体、かつ聖なる「しるし」としてそこに記されているのではなかろうか。

以上が、米屋氏の詩業、既刊六冊の詩集を通読した私のおおよその感想、そして「見取り図」である。

さて、改めて「家系」を、どう読むか。

三部構成から成るこの寓意的な作品の内容を検討してみよう。

第一部。陽気な男で、猟の名人だった父。父は片っ端から獲物を追いまわし、獲物がいなくなると、やがて気がちがって母を打ち殺す。そして筒先をおのれの魂にあてて自害する。第二部。兄は陰気な男だったが、父に似て、やはり猟の名手だった。だが、獲物の多い日は唖者になった。その唖者が一度だけ手に赤い札を握り「イヤダ、イヤダ」と狂ったようにわめいた。そしてほどなく戦場に散った。第三部。では「ぼく」の場合は、どうか。父にも兄にも似ず、猟はからっきしだめで、いつも打ちはずし、くいはずし、三十歳でなおひとりぼっち、ついに猟銃を捨て、猟服を脱ぐ。裸になって、はじめて自分の鳥肌にぞっとする。そしてそのとき、突然、わかりはじめたのだ。以下、啓示のように訪れたこの詩のラストを引用する。

血とはなんと　あついものか
父の血
兄の血
たしかにぼくは
継いでいる
猟はからっきしだめだったが
いつしか探すめつきになっていた
狙う姿勢をとっていた

父のはたさなかったものと
兄の魂が　ほそく消えたあたり

「家系」は当然ながら、血縁、家父長制などという言葉を連想させる。ここでわたしたちは、米屋氏が一九三〇年の生まれであることを考えてみなければならない。これは満州事変の前年だ。終戦のときは十五歳。ぎりぎり戦場に直接赴くことはなかったが、生まれてからずっと戦時体制の中に生きてきた。時代背景をこの詩に重ねれば、「家系」は家族国家観が政治支配の理論として機能していた戦前の日本の国家体制を連想させる。この「家系」はいわば国家規模の血縁、家父長制でもあるのだ。一方で、「猟（銃）」とは、生き物を殺戮する武器である。ここではそれは、戦争の武器でもあることが暗示されている。

　すると、第三部に至って「ぼく」が猟銃をすて、猟服を脱ぐこと、それは二重の意味で「家系」を脱ぐ、このおぞましい国家体制の外へ出る、ということを意味することになるのではなかろうか。事実はそれはアメリカという外側からの力で実行されたのだから、「ぼく」が主体的に選んだ道ではないのかもしれない。あるいは第三部は敗戦の廃墟の中に裸でぽつんと立っている未来の見えない心細い一人の少年の姿を語っているのかもしれない。あの、日本海からの季節風にさらされて男鹿半島の中央にそびえる裸の山、サムカゼ山（地元では寒風山と呼ぶ）のように。サムカゼ山は、第三部の「ぼく」に通ずる詩人の孤独な立ち姿、自画像といってもいいだろう。さらに読みを進めれば、第二部に登場する「兄」、これは「ぼく」のありえたかもしれないもう一人の姿ではなかろうか。戦争がもう少し長びけば、弟の「ぼく」も「兄」のように「イヤダ、イヤダ」とわめきながら、赤紙とともに戦場に駆り出されたかもしれない。そして、いまごろは「変色した写真いちまいになって／仏壇のうえにたっている」ことになったかもしれない。それは可能性としてはじゅうぶんにありえた未来の風景だ。「兄」は「ぼく」の分身なのである。

　こういう文脈の中に「家系」を置いてみたとき、わたしたちはこの詩が米屋氏の戦後の新しい出発を告げるいわば詩的宣言にもなっていたことを知るのである。

　さらに少し文脈をかえてみる。

この『家系』という詩集の最後には、父の死を記した「冬の雨」という詩が置かれている。ここで、私たちは、改めてこの詩が、氏の父の死をキッカケに書かれている（さらには詩集として出版されている）ことの意味を考えてみなければならない。たとえば「冬の雨」の、

〈死〉は連れていった
土に
子にもっとも近く
おそろしく遠い所

　右の「土に／子にもっとも近く／おそろしく遠い所」、この三行には「家系」の、「血縁」あるいは「血とはなんと　あついものか」がそのまま反映している。「継ぐ」ことは「脱ぐ」ことでもあるのだが、「脱ぐ」ことはまた「継ぐ」ことでもあるのだという「家系」あるいは「血縁」の断ち難いおぞましさ、深い愛憎の劇がここにはある。氏が本文庫に収録した「父のことなど」という散文をくり返し熟読してみなければならない。そこには、同居、別居、同居をくり返し、ついには義絶にまで

至った長年にわたる父との闘争ともいうべき経緯がなまなましく記されている。それはまた父の「死」が可能にした愛惜と和解の文章でもある。

それによると、『家系』という詩集は、父の死後その財産分与、供養に仏壇を購入しようと思ったが、妻の勧めで一転詩集出版を決意したという。父の財産分与が、詩集という「遺贈」になったのだ。私たちはこの文脈でもう一度、「たしかにぼくは／継いでいる」以下のあの詩句を読んでみなければならない。本文庫でこのエピソードを知ると、この父の死が、文字通り、米屋猛という詩人を誕生させたのだと言ってみたくなる。それだけではない。その散文で、氏はさらに次のように書いている。「詩の一行、一篇、一冊は、ぼくのものであるが、父や友人たちによっても存在することを、痛烈に知らされた」「生かされているという気がしてならないのである」、と。

一見平凡なことを言っているように思えるかもしれないが、これは、米屋氏の詩を理解しようとするとき、幾重にも深く心に留めなければならない言葉である。氏はおのれの詩について（これから書かれるだろう詩についても）、ここでもうじゅうぶんにそれを語り尽くしているのである。

たとえば、詩人のあの「探すめつき」「狙う姿勢」が、「父のはたさなかったもの」「兄の魂が　ほそく消えたあたり」、あるいはその先になにを求めていたか、なにを見ようとしていたのかも、ここからはっきり見えてくる。

第二詩集以降の米屋氏の詩の特徴、それはその詩に記された夥しいまでの人名、地名にある。あるいは氏の詩篇には追悼詩の、なんと多いことか。それらは、なにを語るのか。

人名は多くの場合、氏の詩友たちであるだろう。地名に関していえば、そのほとんどが男鹿、秋田市周辺に集中している（むろん、上京した折の、東京の地名などもあるが）。そしてその二つの地名・場所を、男鹿線（船川線）が結んでいる。それはそのまま氏の生活圏、生存の範囲、詩の舞台である、といってもいい。それを、私が、冒頭で、「秋田は、しだいに氏の詩的聖地、あるいは聖地巡礼の場と化してゆくように思われる」と述べたのは、米屋氏がのちにカトリックに入信することを知っているからでもあるが、それ以上に詩の中に書き込まれたそれらの人名、地名が、氏になにかしらその生存を根底で支える深い心身の治癒、たえざる詩的恵みをもたらしているように思われたからである。詩を書くことは、米屋氏にとって、人に、地名に「生かされている」ことにほかならない。それは詩友たちとの交情の証であり、だからときに鎮魂の儀式でもある。

それを物語る一篇として、ここでは、氏の聖地巡礼が途方もない遠い旅をして幾つもの過去の歴史的事象を呼び起こすに至る、後期の詩集の代表作、長篇詩「暁闇　自転車に乗って」を読んでみよう。この詩は、

暁闇　自転車に乗って
楢山南中町から　餌刺町へ
楢山の小路をくねくね抜ける

と書き出される。「楢山」は、秋田市内の地名、氏の現在の住所である。詩は、そこから秋田新幹線こまちの走る「明田（みょうでん）地下道」（ルビは、吉田）をくぐり抜けると書き継がれてゆくのだが、この詩では、この「地下道」がじつに巧みで、これが次の異界を呼び込むタイムトンネルになっている。詩人はここから、江戸時代文化八年に菅江真澄が通った「真澄みち」を辿り、佐竹義宣が水戸大洗海岸から招請した磯前神社や美女恋の伝説が残る黒松の巨木の前で立ちどまり、さらに太平川に沿って遡り、郊外の丘の上の秋田カトリック墓地に至る。そこからはるかに干拓された八郎潟や故郷男鹿の船越の方を眺めやったのだろうか。再び市内に戻って、秋田の中心地旭川岸、寛永年間のキリシタン迫害の地「草生津の刑場」に立ち尽くす。そして最後は、山王竿燈大通りに建つホテル・アルファインの前に自転車をとめる。墓地や刑場は、むろん聖地でもある。巡礼とは、日常に隣接するさまざまな伝説や奇蹟譚に彩られた聖地をめぐる旅でもある。こうしてこの詩は新幹線こだまの走る「地下道」のこちら側から、約三百年前の江戸時代までも遡る。それは現世、日常生活の時空間からいっときその外側に拡がる非日常の時空間へ身を隠し、また帰ってくる、これもまた

ささやかな生命の更新、通過儀礼の旅でもある。それを大地と交信する徒歩で行うのではなく（苦業を伴う歩行ではなく）、気軽な自転車で行うところが、ちょっとお茶目な（これは、実際に二度ほど氏にお目にかかったことのある私の印象でもあるが）この詩人らしいところともいえようか。

個人的なことをいえば、ここに描かれている風景、地名・場所は、私にとってもよく知っている、みな馴染み深いものである。どんなところを自転車が走っているか、そこからどんな風景が見えるのか、私も実家が秋田市内にあるので、よくわかる。

その一方、米屋氏の詩を読んでいると、見知ったはずの秋田の風景が、なにか「聖なるもの」で満たされた、明るい天上の光がふりそそぐ楽園か輝やかしい聖地のようにも見えてくる。今回、そのことに私は深く心を動かされた。詩集を読んで、その詩的営為が、生きている場所をかくも聖化してゆく、そんなふうに感じさせる詩人がほかにどれほどいるだろうか。

この詩文庫に収録された米屋氏の六冊の詩集が描き出すのは、詩を書くことそれ自体がなにかしら心身の治癒、生命の更新でもあるような終わりのない詩的救済のドラマである。

それを、次のように言ってもいい。

「家系」から、キリスト教へ、と。「マタイ」伝に、次のような有名なエピソードがある。イエスが群衆に向かって話をしているときに、イエスの母と兄弟たちが、イエスに何か話そうとして、外に立っていた。誰かが言った。あなたのおかあさんと兄弟たちが、あなたに話そうとして外に立っていますよ、と。それに対して、イエスは答えた。「わたしの母とは誰のことか。また、わたしの兄弟たちとは誰のことか」。

イエスは、わたしにつき従うならば、母を兄弟たちを、すなわち「家」を断ち切れ、いわば「家系」を離れて個人として顕れよ、とここで言っているのである。米屋氏の詩的切断も、このようにして行われた。そこに「家系」に代わって、個人として立っている詩友たち、あるいは聖地巡礼の夥しい人名や地名が顕れた。

これが、もう一つの、米屋氏の詩業に対する私の秘かな「見取り図」である。
それは、土地に繋がれたものの（「たしかにぼくは　継いでいる」）、そのものに対する愛憎であり、それ故の鎮魂でもあり、かつそのこと自体がなにかしらの詩的恵みや恩寵をもたらすような聖地巡礼の旅である。
ともあれ、ここには、イエス、あるいはキリスト教による深い切断（「義絶」）があった。
『家系』の詩人は、秋田という土地、場所をそのような信仰の切断においてもう一つの「聖地」へと変貌させたのではなかろうか。

（2016.8）

『暁闇 自転車に乗って』への献辞　宗 左近

米屋さん、あなたは書いている。

土崎の空から爆弾の雨が降り
一瞬のうちに死んだ　きみ

その昭和二十年八月十四日の半世紀ののちに呟いている。

一瞬の夏は
きみのなかに　とどまっているから
こちらにも
まだ　とどまったままです

こちらにもとどまったとは　どこのことか。
貝塚静董の一句があって、

（月みれば水のふるさと思うかな）

水のふるさとは　どこにある何か。
植物の花びらです。たとえば泰山木の花です。
そして生きものの瞳です。たとえば赤ん坊の瞳です。

泰山木の花にも赤ん坊の瞳にも絶えず美しい水が生まれて、湧き出ています。そこがふるさとです。そして、それの別名が『暁闇 自転車に乗って』の主人公そのものである「涙目」です。

この「涙目」は、日本の、いや世界の文学史のなかに始めて出現した言葉というより、発見されて出たといっていい、美しい存在です。

「涙目」、実にこれこそが水のふるさとを、一瞬にして祈りのふるさとに変えるものです。「涙目」あってこそ、そこに月が、すなわち「大宇宙」が宿るのです。

『暁闇 自転車に乗って』、これはじつに二十世紀にまれな美しい祈りの詩集です。そして美しさへの祈りの詩集です。

間違ってはいけない。米屋猛が「自転車」に乗ってアルファインホテルへ向かうのではない。「暁闇」が実に自転車に乗って走るのです。だからこそ、作者がひそかに書きつけている奇跡が起こるのです。「いつも」「いつでも北の半島の突端が南の国でした」。

本書は「月みれば水のふるさと思ふかな」に対応する真に宇宙的な作品です。「暁闇 自転車に乗って」ふるさとへ急ぐからであります。

その瞬間そのものが、地球上のすべてにうったえている数行を引用して、「涙目」の光をみなさまとともに、あらためて浴びたいと思います。

何処ですか
何処にいますか　三十年　五十年　百年
過去の何処か
未来の何処かで
で逢っているのに　気づいて！
早く　早く
光が届かず　だんだんに見えなくなってしまうから

早く　早く

（「逢ひたくて」）

（一九九九年五月二十九日、出版記念会に寄せて）

家系——米屋猛

斎藤勇一

戦後の、わが国における現代詩が獲得し、現在に到るもなお強い影響力を持っているものをあげるとすれば、戦争体験をそのまま自らのものとして受けとめなければならなかった世代の詩人たちが、否応なしに凝視しなければならなかったもの、つまり、失われた人間性への回復の機運と希求、そして破壊されつくした都市の廃虚に、ふたたび構築しようとする未来への強い願望ではなかっただろうか。

機械文明の発達は、それが高度の技術に裏打ちされて、すぐれていればいる程、戦争という苛酷で救いようのない人間滅亡の道へかり出してゆくものである。

人類の歴史はそのまま戦争の歴史であり、文化の発展と精神的世界は幾度となく、反省と脱出の反復を試みてきた。それにもかかわらず、今も世界のあちこちで、きな臭い匂いは続いている。

壊滅の後に来る反省、そしてその後に続く未来への希求の精神は、人類が存在し続ける限り、その命題を解放しないであろう。

私たちは第二次世界大戦のあの不幸な出来事を知っている。一九四一年十二月八日、突如、日本軍がハワイの真珠湾を攻撃し、抜き打ち的にマレー半島に上陸して、アメリカ、イギリスに宣戦を布告した事実を。そして一九四五年八月六日には広島に世界で最初の原爆投下、九日には長崎にも原爆投下されるという未曾有の混乱の中で、遂に力つき、ポツダム宣言を受諾して終戦を迎えたのであったが、この混乱と、その中から生まれて来た反省は、戦後詩の中に深く詰めこまざるを得なかったのである。戦後詩史の一時代を画した「荒地」派にしても、「列島」グループにしても、この時代的背景を抜きにしては語れないのが通説であり、また多くの詩人たちもこの時代に生きた体験を引きずって来ているのも異論のないことである。

一九三〇年生まれの米屋猛もまたこの時代を体験している詩人のひとりである。戦争状態における自我の発見に伴って、彼はそのおかれた実体験の中から何を学び取ったであろうか。学徒動員による肉体的に苛酷な状況下におかれる恐怖、ささやかな希望の光さえ見えない出口のない真暗闇の時代、言論統制、動揺、そして激しい飢餓。それらは否応なしに少年期から青年期に向っている彼の肉体と精神に大きな影を落していることは想像にかたくない。

私はここで、唐突に一人の詩人を思い出す。

ミラボー橋の下をセーヌが流れる
　そしてぼくたちの恋
ああそれを思い出さなければならないのか
喜びはいつも　苦痛のあとにやってきた

　夜がきて　鐘が鳴る
　日々はすぎる　ぼくはとどまる

手をとりあい　じっと顔と顔とを
　見あわせていようよ
ぼくらのくんだ腕の橋の下を

永遠の眼ざしの疲れきった波が通ってゆく
あいだ

（後略）

ギョーム・アポリネールの作品で、一九一三年四月、メルキュール・ド・フランス社から出版された詩集、『アルコール』に収められている有名な作品である。（抽出の部分は、平凡社刊の『世界名詩集大成』フランスⅢで、訳は瀧田文彦）

アポリネールの作品が逆説的に明るいオプティミズムの調子で書かれていることはよく知られた事実である。そして当時新興してきたピカソなどと交わることによって、ただ単に現実を描写するだけでなく、対象物を描きながら、新しい自分の声をデフォルメすることによって不思議な世界を作り上げていった。彼がどうしてこのような詩的世界を構築する事が出来たかは、やはり歴史的な実体験が色濃く反映している事実に注意しなければならないが今は省略しよう。ただ米屋猛がアポリネールの作品にひかれるものがあったとしたら、私の指摘もあながち的はずれでないといえる。

一八八〇年に生まれたアポリネールもまたゆれ動く世界の動乱と無関係ではなかった。一九〇四年に起った日露戦争を境にして、ヨーロッパは混乱の渦中にあった。明日に希望の持てる時代ではなかった。しかし耐えるだけでは過ごせる精神状況でもなかった。静かに己れの心の中に、燃えたぎるものをつつみこみ、まるで怒りを秘めた活火山のように、表面はさり気なく状況描写をしながら、内部に限りなく希望をこめた作品として見るなら、私は米屋猛詩集の中から次の詩句を引用したい気持ちにかられる。

秋田市広小路
バス通り裏の新刊本屋
しとしと雨
雨は特価の一帳羅
衿をつたい皮膚を濡らし　胸から矜持に沁み

（「秋田市広小路」）

アポリネールの書く「ミラボー橋」、米屋の書く「秋田市広小路」この二つを並べて私は驚きを覚えない訳にはゆかない。

米屋猛詩集に収められた作品のタイトルを書いておこう。

「船越駅で」「船川線　センチメンタルジャーニー」「サムカゼ山」「夜の男鹿線」「秋田市広小路」「きみまち坂で」「春　楢山十軒町から新屋割山上空」「夏　闇くる千秋トンネル」そして「上野」だ。

三部に分けて収録した作品二十篇のうち、実に秋田に存在する地名をそのままタイトルにした作品が八篇、そして国際都市トウキョーの地名のうち「上野」がひとつある。

それればかりではない。「ばら狂い」という作品を読むとよく分るが、とりあえず作中から地名のみ書き出して見よう。

男鹿線、秋田銀行本店ビル十一階、秋田市広小路カトリック教会横丁、千秋公園、寒風山、秋田市。

ざっとこのような工合でふんだんに地名があたかも存在の生命を持ったかのように、または作品の中でまるで詩句の重要な任務を帯びた固有名詞、あるいは一行の詩句そのままに書かれている。

アポリネールの作品から「葡萄月」の中に出て来る地名を書き出して見る。（出典は前出と同じく瀧田文彦氏の訳による）

パリ、セーヌの河岸、フランス、ヨーロッパ、ギリシャ、東方（オリエント）、リヨン、ローマとサオーヌの河、南仏、シシリー島、アフリカ、シシラ、ローマ、ヴァチカン、モーゼル河とライン河、等。

何とめまぐるしく地名が出て来ることか。詩句の一行として、また正確には詩の構成上重要な思惟の展開の要素として、まるで星がちりばめられたように出て来る地名は、単なる思いつきや羅列のたぐいではない。

一篇の作品の中に、固有名詞が数多く出ることはあり得るが、しかし、このような形で地名が、そのまま詩句もしくは、詩の重要な要素として登場する例は、われわれにはいささかなじみのないことでもあり、注意する必要がある。

詩人が、ある時、ある場所で、ひとつの詩的感動を覚えたとする。それが実在の場所でなくとも想像の世界でも良い訳だが、米屋猛にとっては、ある場所という漠然としたものでは承知出来ないのである。

雨が降っている夕暮れの街角で、ごく平凡とも見えるサラリーマンが新刊本屋をのぞく時、その場所は、新宿の繁華街でもなければ、神田の古本屋街でもない。まして見知らぬ遠い国の都市でもない。ここに見られるのは米屋猛の強固とも思える頑なさである。

「秋田市広小路」でなければこの作品は成り立たないとする気骨と、作品を取りまく雰囲気が、どうしても「秋田市広小路」でなければならないのである。タイトルばかりか詩の冒頭、そして最終連にこの地名が出て来るが、詩的イメージを獲得した瞬間、彼の思惟の進展は、実にこの場所においてのみ発酵することが出来た。日常生活から遊離せず、詩がその作者と密着したものであるというとらえ方をすれば、この発想は実に内容のあるものを含んでいる。

一篇の詩が、詩人の精神内部において生まれ、活字化されると、すでに作者から離れて存在するという考え方は、私には賛同しかねる。一篇の作品は、確かに作者から離れて存在し得るであろう。しかし、作品はそれを創作した作者の影を失っては語れない筈である。われわれは古典として残された数多くの名作を目にすることが出来る。しかし、どの作品も、作者の名を語らず、作者の生きた時代背景を無視して勝手に自分の所有にすることが赦されるであろうか。

詩は想像の文学であるかも知れない。しかし全くの空想から生まれるものでもない。作者の生活体験を通して、そのリアリティが内包されていなければ、独特の世界を構築出来ないのである。

その点、米屋猛の詩は即物的であり、直截にかたりかけてくる。彼はまず何よりも先に、平凡な庶民の立場から物事を見ようとしている。空想から絵空事の世界を描くことも良いであろう。しかし、彼の場合、より具体的に、より真実感を希求し、より自分自身の生の声を書こうとする場合、日常生活の中の延長点にある、身近の場所が必要となって来るのであろう。

冒頭に書き始めた戦中の体験、それは、米屋猛の内部でどのような影響を持つに到ったのであろうか。誤りでない事を祈りながら私の考えを述べておくことにする。

米屋猛は、逆説的に世界を見ようとした。それを実行するためには、実に多くの詩的実験を通して、確認しながら今日に到った。一冊の詩集について語るだけならば、その書評で済むだけだが、ここには一九五八年以降の作品が収められているだけでそれ以前の作品がない。私がいいたいのは、実は詩集以前の作品についてなのだが、この過程、具体的には一九四五年から一九五八年までの十三年間について論及すればより明確になる筈であるが、詳述する紙数がないので簡単に述べておくにとどめざるを得ない。

戦後いち早く詩的出発をした彼は、まず自分の周囲に、おびただしい廃虚を見た。それは物質的にも精神的にも、莫大な損害の実態であった。

「失われたものはいつでも美しい」ものである。しかし、目の前で失われた現実を見、みずからその体験を詩的出発にしなければならなかった詩人たちに思いを馳せるのは辛い。

米屋猛は秋田に居た。彼が、もしも秋田ではなく、国際都市トウキョーに居たならば、また違う姿勢が、あるいはあったかも知れない。しかし、米屋猛はやはり秋田に居た。

秋田――日本海に面した東北地方西部の県、かつては、石油の湧出した、鉱山資源に恵まれた県であったが、今はほとんどない。冬期間はシベリアから吹雪が襲来し、いまだ後進県の名を返上出来ない地方である。交通の便は事のほか悪く、全国的にも立ち遅れの感はまぬがれない。

その風土の中で、米屋猛はリリシズムの傾向の強い作品を書いていたことが記憶にある。その時代の彼が求めていたものは所詮、煎じつめれば抒情の精神であった。くどいようだが、彼は秋田に居た。東京は遠い「場所」であった。彼は、みずからの詩を開拓しながら、いつでも気になる東京の一群の詩人たちの動静に目を向けていなければならなかった。三好豊一郎であり、鮎川信夫であり、田村隆一、木原孝一らであり、総じていえば「荒地派」と呼ばれる詩人群である。

情報化時代ともいい、あるいは地方の時代ともいわれる現在、確かに遠い国の出来事もテレビのチャンネルをまわすだけで事たりる、便利な世の中になったが、その当時の方が緊迫感があった。東京で、今どのような詩が書かれているか、詩人たちは何を考えているか、詩のテーマは、詩的実験の成果はどうなっているのだろう。「詩学」「ユリイカ」が一日でも遅れようものなら、書店に噛みつく始末であった。

貪欲に東京の動静を見る一方、地方に生きる詩人は、静かにおのれの牙を研ぐ時代であった。東京およびその近辺の詩人を除いて、全国的にも、地方に生きる詩人の姿は一部を除いておよそこのようなものだった。

米屋猛もやはり、その渦中に居た。居たことが事実なのだから、それが良かったか、悪かったかを論ずる必要はない。

しかし、彼は、一体何を見ていたのであろう。驚くべき、という言葉を使うなら、それも唐突といわれかねないが、事実だけを正確に書けば、一九五八年（昭和三十三年）六月発行の「ユリイカ」で、米屋猛の「家系」（詩集収録）が、全国同人雑誌最優秀作品に選ばれ、堂々とページを飾った事である。次号の「ユリイカ」七号では、匿名の批評家が、最近読んだ詩のベスト5をあげているが、ちなみにそれを書いておこう。

第一位　茨木のり子

第二位　清岡卓行

第三位　米屋猛

第四位　那珂太郎

第五位　嶋岡晨

という順序である。

米屋猛は東京に居なかった。都会の生活、それから見るあらゆる開かれたものは彼にはなかった。茨木、清岡、那珂、嶋岡にしても、出身は違っても、やはりその当時都会で生きていた人々だった。それらはあまり問題にはならない。詩が本当に自分自身の生身のものという考えから出発し、頑なに、その世界を展開することによって、他者との関わり合いを持つことが出来るとしたら、米屋猛は、目立たない詩人でありながら、着実に己れ自身を語っていたことにならないだろうか。じっくり実力を貯えていた詩人としての、米屋猛の本質がいくらかはおわかり頂けるのではないだろうか。

　しかし、私が問題提起せざるを得ないのは、この「家系」という作品ではなく、それより後期に書かれた作品群についてである。

　詩と散文の大きな違いは、リズムの形式を重視し、想像力によって生み出される文学形式である点である。時には、散文形式で書かれる作品もあるが、詩人の思惟の昂揚から来る瞬間的な美学が要求される。ここでは物語性は必要条件ではなく、より作品をリアルに描き、その背景を吐露する場合にのみ付帯条件となるので、叙事詩と叙情詩の区別が発生して来るが、今は叙事詩（物語詩）にはふれないでおこう。

　米屋猛の詩は、具体的な日常生活や、実在する場所、人物、事象をとらえている点で、かなり手のこんだ叙事詩的な印象を与え勝ちだが、作品の根底に流れているのはまぎれもない「叙情」の世界であり、「抒情」という言葉を使った方がすっきりする精神世界である。

　抒情とは何か。常識的に『広辞苑』でその項を見ることにすると次のように説明されている。

　――「抒情詩」詩の三大部門の一。作者自身の感動や情緒を主観的に述べた韻文の文学作品。近代では詩の主流をなし、詩とほぼ同義。

　詩の本質とは抒情に外ならない――という言葉を私自身何度反芻して来たことであろう。

　近代詩が、外国文学の影響を受けて黎明期を迎えて今日に到るまで、詩の本質は、究極的には「抒情の精神」ではないかとされてきた。「抒情」のとらえ方は時代によって変わって来る。たとえば島崎藤村の抒情と、中原中也の抒情を同一のカテゴリーで論ずる訳にはゆかないし、まして戦後詩人の作品を無理に結びつけることは最も危険なことである。しかしそれにもかかわらず、明治三十年八月に出された藤村の処女詩集『若菜集』の作品は、時代を越えて、今もなお、我々に、みずみずしい青春の息吹きを伝えて余りある事実。表現方法としては、七五調と文語体であるにもかかわらず、あやしく読む者の心に、青春の哀感と倦怠、そしてほのかな甘ずっぱい余韻を感ずることが出来るのである。

　中原中也の作品に見る抒情の世界は藤村とは又別のものであるにもかかわらず、抒情詩人として位置づけられているのは、時代感覚を鋭敏に取り入れて、倦怠感ともいうべき人間中原の内面を独特の表現方法、たとえば、昭和八年十月に発行された唯一の詩集『山羊の歌』の作品で見るとよくわかる。

屋外は真ッ闇（くら）　闇（くら）の闇（くら）
夜は劫々と更けまする
落下傘（らくかがさ）奴（め）のノスタルヂアと
ゆあーん　ゆよーん　ゆやゆよん
（「サーカス」）

血を吐くやうな　倦（もの）うさ、たゆけさ
今日の日も畑に陽は照り、麦に陽は照り
睡るがやうな悲しさに、み空をとほく
血を吐くやうな倦うさ、たゆけさ
（「夏」）

　島崎藤村、中原中也を見直して、米屋猛の詩をその系統に位置づけようとしている訳ではない。詩人が生きる時代によって、物の考え方や感覚の違い、それに表現方法の多様性によって作品にあらわれるのは、かなり異質な世界観となっても、本質は変わらないということを述べたかっただけである。もう少しつけ加えるならば、詩人がみつめる抒情の世界が、真にその本質に迫る命題を求めている場合、勿論、思想ばかりでなく表現方法の駆使によって、高度な伝達機能を具えて、他者（読者）の魂に共通の感動を与える場合、いつでも新鮮であり、独特の表現法、たとえば前記した藤村の詠嘆、中也のオノマトペなど好例と見てもよい。

　米屋猛の詩の場合はどうであろうか。

まず抒情性について、完璧なまでに、その必要条件を満たしているといえる。

　自分の生きている立場、時代感覚、場所を直視しながら、独自の表現法を完全に自分のものとして所有している。

　米屋猛の詩は、誰も真似出来ないであろうし、もし真

似たとしても、とうていリアリティーを持ち得ない、単なる表現上の真似に終ってしまうであろう。

詩は散文と異なって、多くの「暗喩」や「比喩」それに「直喩」などが使われる。的確にこれらを巧みに取り入れることによって、作品が感動的になり、また共感を覚える要素ともなるのであるが、米屋猛の場合、これらの方法は皆無に近いし、それを探すのは無駄ともいえる。

詩の形式としては型破りの表現方法ともいえる、きわめて即物的な形であり、形どおりの詩に馴れている読者にとっては、そのまま受け取ってよいのか、その裏に何か大事なものが隠されているのではないかと一瞬考えさせられる作品である。

ポポー
ひと昔だ　ふた昔だ
ポポーポポ
男鹿半島
鰯
鰰
さくら鯛　大漁で
海の行商　がんがん部隊
魚商溢れポポー
アイビイ・コンチ　皮なしだ日本鉢巻
資生堂　おシロイとよむ
ポポー

（「船川線　センチメンタルジャーニー」）

この世界には何の比喩も暗喩もない。あるとしたら「資生堂　おシロイとよむ」という感覚。そして汽笛の擬音音をはさみながらの風景描写であり、具体的な言葉を使いながら、読者を自然に、自分の見ているもの、自分の感じている世界へ引きずり込む動的な表現の方法である。

米屋猛の詩には説明口調がない。私が即物的というのは、実はこの部分を指すのであるが、このやり方は、まさに彼独特の世界を構築する為には格好の方法なのかも知れない。ただ一行の字数が少なく、やや唐突とした言葉が彼の思想として語られる時、必ずしも得な方法ではないような気もするが、他の追随をゆるさない詩を書く場合、これもひとつの、現代詩の到達した形であることを理解すべきであろう。

チクロ
サイクラミン酸塩
砂糖比約四〇倍
さわやかな甘味　それは
遠い昏の記憶のように
あまく
くるしく
大黒鼠実験で毒性
ニュースからも毒がながれ
「調査します」
答弁する禿頭大博士

（「上野」）

この詩をどのように読むべきかは読者の勝手であろう。ただここに書かれたものをありのままに読むのも自由ならば、最近、特に問題になって来た発ガン性物質のニュースを思い出すのも自由である。ゆでめんなどに使われる食品添加物の過酸化水素に発ガン性があるとして、厚生省がこれを使うことを禁止する行政指導がされたばかりである。

こうした日常性にかかわって来る事象も、米屋猛が、食品会社勤務という立場からの発言となると、異様な不気味さが出て来る。

死を考える時、多くの詩人は想像の世界を描き、無理に形づけようとする。

米屋猛が死を考える時、それは日常生活としての会社の会議の中であり、又は実父の死、知人の三回忌という避けがたい現実の中での直面であり、けっして想像の世界で作り上げたものではない。

詩の題材として、「死」を取り上げることは容易だが、往々にして観念論としての意味づけは出来ても、日常生活に密着させた発想で、具体的な表現が他者との共感の場にある事はむずかしいものである。

詩人が、現実の死と対峙し、ひとつのモチーフが発酵されて、やがて言葉がせり上るように精神内部から誘発して来る時、想像の世界に陥り勝ちになる事は当然の事かも知れない。しかし、本当の意味で「現実の死」をつき離し、醒めた視線で事実を凝視することこそが詩人にのみ与えられた感覚の作業ではないだろうか。

作品「冬の雨」は悲しい詩である。

この詩には、珍しく地名も出て来なければ固有名詞も登場しない。米屋猛がこの作品で何を訴えたかったのか、私はここではあまり多くを語りたくはない。ただ通常の父と子という図式では割り切れない、きびしい関係が読みとれるのだが、その抜きさしならない父との断絶をわずか二行の詩句で描き上げている。

三年半ぶりの
子と父との対面だった
（「冬の雨」）

〈死〉は連れていった
土に
子にもっとも近く
おそろしく遠い所
（「冬の雨」）

激しく降る雨の音をききながら、痛哭する詩人の魂の叫びがきこえる。「父と子、子と父の相克」と米屋猛は「あとがき」でその事実を吐露している。とすれば、この作品の持つ異様に静まり返った雰囲気と、その中で詩人が見つめているものは尋常の臨終の風景ではない。おそらく父の死という悲しい現実が起らなかったら、この淋しい父と子は今でも対面しなかったのではないか。「死」という現実によって赦される対面というものを私はよくは知らない。また知りたいとも思わないし、現実にもしもそのような事が起きるとしたら、避けたいという事が、具体的にはどのような事実であったのかを詮索するつもりはない。ただ私には強く引っかかるものがある。

ゴンベ
ことばでなでられ　こころで
なでられない　小犬よ

と語りかけで始まる「愛されない小犬ゴンベを愛するう

た」を書いた、あたたかい心を持つ詩人が、直面し、避けられず、むしろ凝視の視線を変えず、冷やかに醒めた感覚で嗚咽を抑えている苦痛がじかに伝わって来るからである。

ギョーム・アポリネールがその当時の民衆詩人とすれば、米屋猛は現在における、最も日常生活に根ざした庶民詩人といえる。庶民という言葉自体最近では使われることがなくなったが、庶民が駄目なら「市民」と言い換えても良い。新奇を求め、一部の愛好者によって詩が語られた時代はもう過ぎたようである。

作品は作者から遊離したものではなく、その詩人の日常生活から発生した感動から誘発されたものでなければ、本質的なリアリティを持ち得ないという考え方を進めてゆけば、米屋猛の狙っている詩の影像がややはっきり見えて来る。

現在、「路上派」と呼ばれる一群の詩人たちがいるが、米屋猛の場合はこれにあてはまらない。現代詩の多様な活動の場で無理に分類することが出来ない程、彼の詩風は彼独自のものであり、他に類例を見ないのは、彼にとって幸なのか不幸なのか、それはわからない。ただひとついえることは、抒情の本質をごく平凡な日常生活を描写する中に求め、散文的な言葉の使い方を駆使し、地名さえも詩句としてしまう技巧は並のものではない。そして、一見乾いた文体で流動する風景を描写しながら、その中から、戦争体験の傷を持つ一人の詩人の苦悩と哀感が、燃えたぎる情念となって浮び上ってくる。戦後、彼はどのように生き、書いて来たか。それはごく平凡な市民にとってどのような意味を持つ時代であったか。米屋猛は空想を語らず、自分自身に沈澱する日常の世相を、時代を、そして思想を自分の言葉で探し続けて来た。

その行為はあまりにも孤独すぎたのではなかったか。

重量感のある詩集である。たしかに重いという実感が読者を魅了する。無造作に見えながら、それでいてぐいぐいと引きずり込むすぐれた作品群ではある。しかし、どうした事か、私は読了後きまって奇妙にも、ふっと淋しい陰影を見てしまうのである。

彼の描く「街」は、私も又よく知っている場所の筈である。それにもかかわらず、どうした事か、彼の詩を読み進めるうちに、「秋田市広小路」も「千秋トンネル」も「十軒町」も、どこか遠い国の、まだ見たことのない街角の風景に見えて来る。

「十軒町」のごときは、私自身の生れ住んだ町に外ならないのに、この倒錯した感覚を覚えるのは、あながち米屋猛の技巧的な言葉の配列から来るものではなく、私が、日常何の感興を覚えることなく見過している街角を、詩人が凝視すると、ごく当り前の現実が、不思議な具体性を伴って再現される。

ここで読者はお気づきになられた事と思う。先に私は、米屋猛の詩には暗喩も比喩もないと書いた。独断を恐れずに書くことにする。実におどろくべきことに、米屋猛の詩そのものが暗喩であるという点である。

デフォルマシオンにやや近い形といえなくもないが、これだけ、対象物や自然の形を詩人の感覚によって意識的に変え、その本質の中に入りこんでゆく姿勢が躍動している詩を私は外に知らない。

私が見る街角、それは実在のものでありながら、実は幻想のものにすぎない。

米屋猛が描く街角、それこそ、幻想のようでありながら、実に永遠にそびえ立つ実在のものである。

幻想と現実のはざ間で、私がふと感ずる陰影とは、ただ通り過ぎるためだけに設けられた橋や、雨の降る街角で、さり気なく、わずかに淋しい微笑を交わして別れる生活者としての哀感や、破壊と構築を繰り返す都市のイメージ、そして次第に失われて現形を変えてゆく自然へのいとおしみ。たえず変化を続ける精神社会も含めての、全ての「モノ」に対する米屋猛の人間性にふれるからではないだろうか。

一篇の作品、一冊の詩集をどのように読むかは読者の自由である。ただ、誤った読まれ方はして貰いたくはないというのが、私にこの文章を書かせた動機でもあった。菲才の筆でどれ程の責を果たしたか自信はない。ただ約束した紙数の都合で、詩集の表題ともなった「家系」について論及出来なかったのが心残りである。


（『詩人たちのいる風景』一九八一年秋田文化出版社刊）

現代詩文庫　233　米屋猛詩集

発行日・二〇一六年十月三十一日
著　者・米屋猛
発行者・小田啓之
発行所・株式会社思潮社
〒162-0842　東京都新宿区市谷砂土原町三―十五
電話〇三（三二六七）八一五三（営業）八一四一（編集）八一四二（ＦＡＸ）
印刷所・三報社印刷株式会社
製本所・三報社印刷株式会社
用　紙・王子エフテックス株式会社
ISBN978-4-7837-1011-0　C0392

現代詩文庫 新刊

201 蜂飼耳詩集
202 岸田将幸詩集
203 中尾太一詩集
204 日和聡子詩集
205 田原詩集
206 三角みづ紀詩集
207 尾花仙朔詩集
208 田中佐知詩集
209 続続・高橋睦郎詩集
210 続続・新川和江詩集
211 続・岩田宏詩集
212 江代充詩集
213 貞久秀紀詩集
214 中上哲夫詩集
215 三井葉子詩集
216 平岡敏夫詩集

217 森崎和江詩集
218 境節詩集
219 田中郁子詩集
220 鈴木ユリイカ詩集
221 國峰照子詩集
222 小笠原鳥類詩集
223 水田宗子詩集
224 続・高良留美子詩集
225 有馬敲詩集
226 國井克彦詩集
227 暮尾淳詩集
228 山口眞理子詩集
229 田野倉康一詩集
230 広瀬大志詩集
231 近藤洋太詩集
232 渡辺玄英詩集